성자의 샘
The Well of the Saints

1. 이 역서는 2017년 한국외국어대학교 교내연구비 지원으로 수행된 연구임.
2. 이 역서는 2017년 대한민국 교육부와 한국연구재단의 인문한국(HK)지원사업의 지원을 받아 수행된 연구임(NRF-2010-361-A00013).

존 밀링턴 싱 희곡집

성자의 샘

The Well of the Saints

손동호 옮김

도서출판 동인

실는 순서

성자의 샘

The Well of the Saints

-3막짜리 희극-

1905년 2월 윌리엄 페이 연출로 아일랜드 국립극단이 애비극장에서 초연함.

등장인물

마틴 다울 추레한 장님 거지
메리 다울 마틴 다울의 아내. 오십 줄의 추레하고 못생긴 여인
티미 늙어 보이는 중년의 힘 좋은 대장장이
몰리 번 아름다운 머리의 예쁜 젊은 아가씨
신부 또 한 명의 잘생긴 젊은 아가씨
맷 사이먼
성자 떠돌이 탁발승
다른 소녀들과 남자들

장면 백 년이나 그보다 더 이전 아일랜드 동부의 외딴 산악지방[1]

1막

도로변, 우측에 큰 돌들이 있다. 뒤로 낮고 허술한 담, 중앙 부분이 터져 있다. 좌측에 망가진 교회의 문이 있고 그 옆에 덤불이 있다. 마틴 다울과 메리 다울이 왼쪽에서 더듬거리며 입장하여 오른쪽으로 가서 돌에 앉는다.

---

1) 그리아난 근방의 위클로우 카운티일 것으로 추정함.

메리 여보, 우리 어디쯤이죠?

마틴 고개를 지나고 있어.

메리 (고개를 들며) 멀기도 하다! 늦가을치고는 오늘 햇볕이 따뜻해지고 있어요.

마틴 (햇볕을 향해 두 손을 뻗으며) 해가 중천에 떠있는데 아무렴 따뜻하지 않을 수 있나? 당신이 그렇게 오랫동안 금발머리를 땋느라 오전이 다 지나갔어. 사람들은 클래시 장에 가버렸잖아.

메리 사람들이 소를 몰거나, 또 꽥꽥거리는 돼지들을 마차에 싣고 장에 가는 동안은 우리에게 아무것도 주지 않아요. (앉는다.) 잘 알면서도 그런 얘기를 하는군요.

마틴 (그녀 옆에 앉아 그녀가 주는 골풀[2]을 잘게 찢기 시작하며) 당신이 딱딱거리며 수다 떠는 소리를 들으면서 아무 말을 안 하면 미칠 거 같아. 당신은 외모는 예쁜데 목소리가 갈라져서 젬병이야. 주여 자비를 베푸소서.

메리 1년 내내 밖에서 비를 맞고 앉아 있는데 목소리가 갈라지지 않을 사람 있어요? 목소리엔 안 좋은 생활이죠, 여보. 당신 목과 이마에 나처럼 아름다운 백옥 피부를 유지하려면 습기 있는 남풍을 쐬는 게 제일이래요. 아름다운 피부만큼 여자를 광채가 나게 하는 것은 없지요.

마틴 (놀리듯, 그러나 유쾌하게) 나는 가끔 당신이 어떤 모습으로 광채가 났었는지 정확하게 모르겠다는 생각을 하곤 해, 아니 정말 광채가 난 적이 있었는지 의문이 생기곤 하지. 내가 시력이 좋았던 총각 시절엔 목소리가 예쁜 사람이 얼굴도 최고였거든.

---

2) 골풀을 기름에 적셔 등의 심지로 사용한다고 함.

메리 그런 말 하지 마세요. 당신은 대장장이 티미, 맷 사이먼, 패치 루아 뿐만 아니라 그 외에도 많은 사람들이 내 얼굴이 예쁘다고 칭찬하는 걸 들었고, 발리나토운[3]에서는 사람들이 나를 "예쁜 장님 아줌마"라고 불렀던 걸 알고 있잖아요.

마틴 (전처럼) 그럼에도 불구하고 몰리 번이 밤에 당신이 흉측하게 생겼다고 말하는 걸 들었어.

메리 (날카롭게) 대장장이 티미가 내 머리카락을 칭찬하니까 질투하는 거예요.

마틴 (비꼬듯) 질투라!

메리 맞아요. 질투예요, 마틴 다울 씨. 질투가 아니라고 하더라도, 바보 같은 젊은 애들은 늘 장님들 골려먹기를 좋아해요. 우리가 잘생겼다는 걸 모르도록 거짓말로 속여도 된다고 생각하는 거죠.

(만족스러운 손짓으로 얼굴을 만진다.)

마틴 (약간 슬픈 듯이) 긴긴 밤이면 한 시간, 아니 1분만이라도 우리가 우리 자신을 볼 수 있으면 좋겠다는 생각을 해. 그럼 우리가 이 동부지방 일곱 카운티에서 가장 잘생긴 선남선녀라는 걸 똑똑히 알게 될 테고, (분한 듯) 눈 뜬 바보들이 나쁜 거짓말로 스스로 영혼을 타락시켜도 전혀 신경 쓸 필요가 없잖아.

메리 당신이 바보가 아니라면 이제 그 따위 사람들 신경 쓰지 마세요, 여보. 눈 뜬 사람들 참 한심한 사람들이에요. 아름다운 걸 보면서도 전혀 안 보이는 체 바보들의 거짓말을 하면서 즐거워하지요. 몰리 번이

---

3) 그리아난 옆 교구마을.

당신에게 말한 거처럼 말이죠.

마틴 그 여자가 거짓말을 하는지 모르지만 돼지를 부르거나 풀밭의 닭들에게 소리치는데 아무리 들어도 싫증나지 않는 달콤하고 아름다운 목소리를 가지고 있단 말이야. (생각에 잠긴 듯 말하며) 그런 목소리를 가졌다면 예쁘고 몸매도 통통하고 나긋나긋한 여성일거라고 생각해.

메리 (화가 나서 다시 날카롭게) 그년이 말랐든 통통하든 당신은 신경 끄세요. 멍청하고 변덕이 죽 끓듯 하는 년, 밖에 나가보면 그년이 우물가에서 수다스럽고 잘 웃는다는 소문을 듣게 될 거예요.

마틴 젊은 여자가 웃는 건 좋은 거 아닌가?

메리 (분하여) 좋다고요? 여자가 큰소리로 깔깔대고 웃는 소리를 듣는 게 좋아요? 그년 남자 후리는 재주가 보통이 아니시요. 그년이 그리아난에서 걸어오는 걸 보면 풀무에 앉아 있던 티미가 호들갑을 떨면서 두 손을 쥐어짜기도 하고 숨소리가 거칠어지는 걸 당신도 듣게 될 거예요.

마틴 (약간 기분이 상해서) 당신과 나란히 세워놓고 보면 그 여자가 별 볼 일 없다고 그 친구가 하는 말을 여러 번 들었어. 하지만 남자들이 당신을 보고 숨소리가 거칠어지는 걸 들은 적은 없거든.

메리 난 거리를 뛰어다니면서 다리를 흔들어대고 목을 빼고 남자들을 쳐다보는 여자애들과는 달라요. . . . 마틴 다울 씨, 이리저리 빈둥거리면서 실없이 달콤한 말을 하고 다니는 사람들이 못된 짓을 많이 하지요.

마틴 (슬픈 듯) 맞는 말이겠지. 그런데도 젊은 아가씨가 길에 걸어가는 걸 보면 다들 좋아하더라.

메리 당신도 시력이 있었으면 다른 남자들처럼 못된 짓을 했겠죠. 남자들이 트럭으로 나를 차지하고 싶어 했지만 시력이 있는 사람과 결혼하지 않기를 잘했어요. 눈 뜬 사람들 참 이상해요. 무슨 일을 저지를지 알 수 없어요. (잠시 침묵)

마틴 (귀 기울여 듣는다.) 누군가 오고 있어.

메리 골풀 심을 보이지 않게 치우자. 안 그러면 귀신 같이 찾아내서 우리가 부자라고 말하면서 모조리 빼앗아갈 거야.

(골풀을 싸서 치운다. 대장장이 티미가 왼쪽에서 입장한다.)

마틴 (구걸하는 목소리로) 나리, 장님 마틴을 위해 은전 한 닢 적선합쇼. 은전이나 동전 한 닢 적선합쇼. 가시는 길에 하느님이 축복을 빌어드립죠.

티미 (그들 앞에 서며) 아저씨는 얼마 전엔 내 발자국 소리를 아는 척 했지요. (앉는다.)

마틴 (본래의 목소리로) 몰리 번이라면 맨 앞에서 걸어오거나 10미터 뒤에 떨어져 와도 알 수 있어. 하나 자네가 무슨 일이 난 것처럼 이렇게 걸어오는 소리를 들은 적은 별로 없었지.

티미 (덥고 숨이 찬 듯 얼굴의 땀을 닦으며) 아저씨가 넘겨짚는 건지도 모르지만 귀가 밝으시군요. 나는 시장에서 놀라운 이야기를 듣고 서둘러 오는 중입니다.

마틴 (다소 경멸하듯) 자네는 맨날 놀라운 이야기를 들었다고 하잖아. 대부분은 별거 아닌데 말이야. 그런데 이번엔 클래시의 잔디밭에서 경주, 댄스파티, 연극 같은 걸 보려고 기다리지 않고 날이 저물기도 전에 돌아오는 걸 보니 틀림없이 신비로운 일이라는 생각이 들어.

티미 (화가 나서) 클래시의 잔디밭이나 라인스터 벌판에서 본 어떤 것보다 더 큰 놀라운 일이 (마틴이 하던 일을 멈춘다.) 곧 여기에서 일어날 거다고 알려주려고 온 거예요. 그런데 아저씨는 아마도 내가 그런 말에 속을 줄 아느냐고 생각하시겠죠.

마틴 (재미있지만 믿기 어렵다는 듯) 여기에서 놀라운 일이 일어난다고?

티미 여기 네거리에서죠.

마틴 난 금을 가지고 집에 가던 노인네를 살해해서 시체를 습지에 내던진 사건 날 밤 이래 여기서 무슨 일이 일어났다는 말을 들어본 적이 없어. 사람들에게 오늘 밤엔 그런 짓 하지 말라고 하게나. 이 네거리는 우리 구역이야. 무슨 허튼 수작인지 기적인지 보고 싶지 않아. 기적은 바로 우리들이야.

티미 오늘 내가 아저씨에게 진짜 기적에 대해 말해드리면 형언할 수 없이 기쁘실 거예요.

마틴 (흥미가 생겨서) 바위산에 술집이라도 만든단 말인가? 비 오는데 더듬더듬 습지를 가로질러 가는 고생 없이 편리하게 한잔 할 수 있다면 정말 좋을 텐데.

티미 술집이나 그 비슷한 걸 가져올 건 아닙니다.

메리 (설득조로 티미에게) 아마도 도둑을 나뭇가지에 목매달 건가 보지요. 교수형이 대단한 볼거리라는 말을 들었어요. 하지만 우리는 보지도 못하는데 그게 무슨 즐거움이 되겠어요?

티미 (더욱 유쾌하게) 메리 다울 아줌마, 오늘은 교수형이 없어요. 그렇지만 죽기 전에 많이 보게 될 거예요.

메리 별 요상한 소리 다하는군요. . . . 난 일곱 살 때부터 장님이었는데 어떻게 교수형을 많이 본다는 거예요?

티미 바다 건너 섬과 성자 네 분의 무덤이 있는 곳 이야기 들어본 적 있어요?

메리 서부지방 사람들이 돌아다니면서 그런 이야기 한다고 하더군요.

티미 (인상적으로) 그 뒤에 초록 이끼 낀 옹달샘이 있다는데, 그곳의 물 한 방울을 장님의 눈에 떨어뜨리면 다른 사람과 똑같이 볼 수 있게 된대요.

마틴 (흥분해서) 그게 사실이오, 티미 씨? 아무래도 거짓말 하는 것 같은데.

티미 (화가 나서) 마틴 다울 씨, 그건 사실입니다. 지금까지는 신빙성이 없는 것들을 많이 믿었겠지만 이건 믿어도 됩니다.

메리 아마 우리가 젊은 애를 보내 물을 가져오게 할 수도 있겠네요. 아침에 병을 씻지요. 내 생각에 패치 루아에게 술을 사주고 숲에 감추어 둔 돈을 좀 집어주면 갈 거예요.

티미 우리 같은 죄인을 보내는 건 좋지 않아요. 그 물을 가지고 다니면서 아가씨들을 쳐다보거나 술집에서 술을 마시면 마음의 사악함으로 물의 성스러움이 부정 탄다고 들었어요.

마틴 (실망해서) 우리가 직접 걸어가기엔 너무 멀고 힘들 거야. 그리고 그런 기적은 별로 재미가 없을 것 같아.

티미 (짜증스럽게 몰아붙이며) 도대체 왜 걸어간다고 하는 건가요? 내가 기적은 바로 여기에서 일어난다고 말하는 걸 듣지 못했다면 아저씨는 눈만 먼 게 아니라 귀도 점점 안 들리는 거예요.

마틴 (순간적으로 화가 나서) 어쨌든 자네가 큰 입에 게거품을 물고 날이 저물도록 기적이 어떻게 일어나느니 주절거려 봐야 소용없어.

티미 (벌떡 일어서며) 이제 가야겠어요. (메리 다울이 일어난다.) 당신 같은 사람들과 점잖은 이야기 해봐야 헛수고지요.

메리 (일어나면서 조급함을 감추고) 티미 씨, 이 양반한테 신경 쓰지 말고 이리 와보세요. (티미가 멈추자 그녀는 더듬거려 그의 망토를 잡는다.) 아저씨는 나에게 화가 난 게 아니지요. 더 이상 말을 돌리지 말고 전부 말해주세요. . . . 아저씨가 그 물을 가져왔나요?

티미 아뇨.

메리 티미 씨, 그렇다면 당신이 말하는 기적을 말해봐요. . . . 누가 그걸 가져올 거죠?

티미 (누그러지며) 전능하신 하느님의 성자가 가져올 겁니다.

메리 (압도되어) 성자라고요?

티미 네. 긴 망토를 입고 맨발로 아일랜드의 교회를 찾아다니는 아름다운 성인입니다. 그분은 옆구리에 물을 가지고 다니는데, 그런 분은 물 한 방울로 죽어가는 사람을 살릴 수 있고, 장님은 맑은 날 하늘 높이 나는 잿빛 매처럼 깨끗하게 볼 수 있게 만들어요.

마틴 (지팡이를 찾으며) 티미 군, 그 양반이 어디에 있다는 거지? 지금 당장 가봐야겠네.

티미 마틴 아저씨, 그냥 가만히 계세요. 그분은 여기와 고원지대 사이에서 많은 군중을 거느리고 교회와 대형 십자가[4]를 찾아 기도를 드리고 있어요. 그분은 늘 금식하며 기도를 해서 당신 무릎 위의 속이 빈 골풀처럼 바짝 야위었죠. 우리가 당신들 이야기를 했어요. 좀 있으면

---

4) 오래 전부터 영국과 아일랜드에서는 대형 목조, 또는 석조 십자가를 실외에 세우는 전통이 있었다. 2미터 남짓한 것부터 그보다 훨씬 대형의 것도 있다.

당신들을 낫게 해주시고, 교회에서 기도를 하러 이리 오실 겁니다.

마틴 (갑자기 메리 다울을 향해 돌아서며) 이제 우린 서로 볼 수 있게 됐어. 오, 신께 영광을 돌리자, 이게 정말일까?

메리 (아주 기뻐하며 티미에게) 아마도 저 아래 내려가서 내 큰 숄을 가져올 시간은 있겠지요. 사람들이 내가 정장을 하고 그걸 머리에 썼을 때 제일 좋아 보인다고 하더라고요.

티미 시간은 충분할 겁니다.

마틴 (귀 기울이며) 조용히 해봐. 냇가 쪽에 사람들이 오는 게 들린다.

티미 (이상하다는 듯 왼쪽을 본다.) 성자를 따라다니던 젊은 아가씨들입니다. . . . (입구 쪽으로 간다.) 손에 뭔가를 들고 오고 있어요. 앞치마 주머니에 달걀 한 줄을 감추고 걷는 아이처럼 사뿐사뿐 걷는군요.

마틴 (귀 기울이며) 저건 몰리 번 같아요.

(몰리 번과 브라이드가 왼쪽에서 물통, 성자의 종, 망토를 들고 들어와 마틴 다울에게 간다.)

몰리 (수다스럽게) 신이 당신을 축복하시기를 빌어요, 마틴 아저씨. 제가 가지고 있는 서부지방의 성자 네 분의 무덤에서 가져온 성수가 두 분을 낫게 하여 우리처럼 보게 해줄 겁니다.

티미 (몰리에게 가서 말을 가로막으며) 내가 이미 얘기해줬어요. 그런데 성자님은 어디에 계시죠? 성자님은 어떤 연유로 당신 같은 사람에게 성수를 맡겼지요?

몰리 지금 구름이 몰려오고 있어서 먼 길 오는 걸 꺼려하셨어요. 그래서 울창한 숲을 지나 그리아난의 십자가들 앞에서 기도를 하시겠다고 떠나셨죠. 지금 교회로 가시려고 이리 오고 계십니다.

티미 (아직도 놀라서) 그분이 성수를 아가씨 두 사람에게 맡기셨다고요? 놀라운 일이군요. (약간 왼쪽으로 나온다.)

몰리 청년들이 성자님께 성수를 가지고 찔레숲을 지나 미끄럽고 깎아지른 바위를 타는 건 불가능한 일이라고 말했어요. 그분은 주위를 둘러보더니 성수와 자기 망토와 종을 우리에게 주셨죠. 그분은 젊은 아가씨들이 세상에서 가장 정결하고 성스러운 사람들이라고 하셨어요. (메리 다울이 앉아있던 자리로 간다.)

메리 (쓴웃음을 지으며 앉는다.) 성자는 단순한 사람이다. 틀림없어.

마틴 (몸을 기울여 손을 뻗으며) 몰리 번 양, 성수를 이리 줘봐요. 정말 가지고 있는지 확인해야겠어요.

몰리 (그에게 주며) 기적이란 참 신기하죠. 아저씨가 이걸 손에 들고만 있어도 병이 나을지도 몰라요.

마틴 (주위를 둘러보며) 아닌데, 몰리 양. 전혀 안보여요. (깡통을 흔든다.) 물이 조금밖에 남지 않았군. 이 하찮은 것이 장님에게 시력을 가져다주어, 아줌마들과 젊은 아가씨들뿐만 아니라 세상의 모든 아름다운 것들을 다 보게 해준다니 참으로 놀라운 일이 아닌가.

(더듬거려 메리를 찾더니 깡통을 건넨다.)

메리 (깡통을 흔든다.) 오, 하느님 영광을 받으소서!

마틴 (브라이드 양을 가리키며) 저 아가씨가 손에 들고 있는 소리가 나는 게 뭐지?

브라이드 (마틴 다울에게 간다.) 성자의 종입니다. 그분이 기도하러 올라가실 때

종을 울리는 소리를 듣게 될 거예요.

(마틴이 손을 내밀자 종을 그에게 준다.)

마틴 (종을 울린다.) 소리가 감미롭고 아름답군요.

메리 낭랑한 종소리를 들으니 금식하시는 성자님이 그 종을 옆구리에 차고 먼 길을 여행하셨다는 것을 알 수 있을 것 같아요.

(브라이드 양은 마틴 다울의 오른쪽 뒤로 간다.)

몰리 (성자의 망토를 펼치며) 마틴 다울 아저씨, 일어나세요. 그분의 큰 망토를 입혀드릴게요. (마틴 다울은 일어나서 앞쪽 중앙으로 나온다.) 아저씨가 전능하신 하느님의 성자라면 어떻게 보일지 한번 보도록 할게요.

마틴 (약간 수줍어하며 일어선다.) 난 아름다움을 찬양하는 성자의 설교를 여러 번 들었어요. (몰리 번은 망토를 그에게 둘러준다.)

티미 (언짢은 듯) 몰리 양, 저 양반 그냥 내버려두세요. 당신이 망토를 가지고 이런 짓을 하는 걸 성자님이 보시면 뭐라고 하시겠어요?

몰리 (무분별하게) 지금 숲에서 기도하고 계실 텐데 어떻게 보신다는 거죠? (마틴 다울을 한 바퀴 돌게 한다.) 대장장이 스미스 씨, 이분 멋진 성자처럼 보이지 않아요? (바보스럽게 웃으며) 메리 다울 아줌마, 아저씨 정말 멋져요. 아줌마가 지금 아저씨를 본다면 하느님께 도전한 천사장들처럼 교만해질 거라고 생각되는군요.

메리 (조용히 자신감을 느끼며 마틴 다울에게 가서 망토를 만진다.) 오늘은 분명히 자랑스러운 날이군요. (마틴 다울은 아직도 종을 울린다.)

몰리 (마틴 다울에게) 아저씨는 이렇게 종을 울리며 평생 하느님의 성자들과 돌아다녀도 좋으시겠어요?

메리 (몰리를 향하며 사납게) 이 양반이 어떻게 성자들과 돌아다니며 종을 울린다는 거죠, 나랑 결혼했는데?

마틴 이 사람 말이 맞아요. 종을 울리는 게 멋진 일이기는 하지만 발리나 토운의 아름다운 장님여성과 결혼한 게 훨씬 나을 거 같군요.

몰리 (경멸하듯) 그렇게 생각하시는군요. 그렇지만 아저씨는 아줌마에 대해 별로 아는 게 없잖아요.

마틴 별로 없지. 얼굴을 보고 싶어 미칠 지경이야.

티미 (어색하게) 아줌마를 잘 아시면서 그러세요. 아저씨 같은 분들은 손의 느낌으로 많은 정보를 얻지요.

마틴 (여전히 망토를 만지며) 아마도 그렇겠지. 하지만 얼굴이나 아름다운 망토에 대해서는 아는 게 없다네. 망토나 얼굴을 만져본 적이 별로 없어. 티미 군, 젊은 아가씨들은 아주 수줍어하는 데다가 (서글프다는 듯) 말로는 내가 잘생겼다고 하면서도 나를 별로 좋아하지 않더군.

메리 (비웃듯이 유쾌하게) 저 양반 서부지방의 기적이라 불리는 여자와 결혼했으면서도 날씬한 여자애들 이야기 할 때 내는 목소리가 달라지는 거 이상하지 않아요?

티미 (가엾다는 듯) 두 분 오늘 기적을 볼 겁니다. 정말입니다.

마틴 이 사람의 금발과 하얀 피부, 그리고 커다란 눈이 기적이라는 말을 들었지.

브라이드 (왼쪽 바깥을 내다보고 있었다.) 숲에서 성자님이 오고 계십니다. . . . 몰리, 아저씨에게서 망토를 벗겨. 성자님이 보실지도 몰라.

몰리 (브라이드 양에게 급하게) 종을 들고 돌들 옆에 있어. (마틴 다울에게) 내가 망토를 벗길 수 있게 고개를 들고 계시겠어요? (망토를 벗겨서 자기 팔에 걸친다. 그리고 마틴을 메리 다울 옆에 서게 밀친다.) 거기에 조용히 서서 아무 말도 하지 마세요.

(몰리와 브라이드는 손에 종을 들고 약간 왼쪽에 서있다.)

마틴 (불안한 듯 옷매무새를 고치며) 옷차림도 단정하지 않고 깨끗이 씻지도 않았는데 그분이 우리 모습을 싫어하시지 않을까요?

몰리 그분은 외모를 보시지 않습니다. . . . 아일랜드 최고의 미인을 지나치면서도 얼굴을 보려고 눈길을 돌리지 않는 분이죠. 쉿!

(성자가 왼쪽에서 군중과 함께 입장한다.)

성자 이들이 그 불쌍한 사람들인가요?

티미 (참견하듯) 그렇습니다, 신부님. 이 사람들은 항상 네거리에 앉아 행인들한테 동전을 구걸하거나, 호롱불 심지용 골풀 껍질을 벗기고 있습니다. 이 사람들은 기가 죽기는커녕 사람들과 당당하게 큰소리로 말하고 때로 장난도 칩니다.

성자 (마틴 다울과 메리 다울에게) 그대들은 해와 달은 물론 주님께 기도하는 성직자들도 보지 못하는 어려운 삶을 살아왔구나. 하지만 그대들처럼 어려울 때 용감한 사람들은 전능하신 하느님이 오늘 주실 시력의 선물을 훌륭하게 사용할 것이다. (망토를 집어 몸에 두른다.) 네 분신의 성자들의 무덤은 바위 위에 있다. 그러니 이 물이 아무것도 없는 굶주린 사람들에게 쓰여야 한다는 것은 놀라운 일이 아니다. (물과 종을 들고 자기 어깨 주위로 뿌린다.) 그래서 주름살 많고 가난한 그대

같은 사람들, 부자들이 거들떠보지 않고 동전 한 닢이나 빵조각을 던져주는 너희 같은 것들을 찾아가는 것이다.

마틴 (언짢은 듯 움직이며) 그 사람들이 내 아내의 미모를 보면. . .

티미 (그를 흔들며) 조용히 하고 성자님의 말씀을 들으세요.

성자 (이들을 잠시 바라보고 계속 말한다.) 그대들이 더럽고 추하지만 그렇다고 전능하신 하느님은 아일랜드의 부자들과는 다르다는 걸 알아라. 내가 캐쉴라 만[5]까지 작은 배에 싣고 온 성수의 권능으로 하느님은 그대들을 긍휼히 여기사 눈에 시력을 주실 것이다.

마틴 (모자를 벗으며) 신부님, 저는 준비가 되었습니다.

성자 (그의 손을 잡으며) 그대를 먼저 낫게 하고, 그 다음에 아내를 데리러 올 것이다. 교회에 들어가자. 주님께 기도를 해야 한다. (가면서 메리 다울에게) 결심을 하고 마음속으로 찬양을 올리고 있어라. 주님의 권능이 그대와 같은 자에게 내리는 일은 놀라운 기적이다.

사람들 (그를 따라가며) 보러 갑시다.

브라이드 가요, 티미 아저씨.

성자 (그들에게 가라고 손짓하며) 여기에 그대로 있도록 하시오. 많은 사람들이 교회 안에서 소곤거리는 소리를 듣고 싶지 않습니다. 여기에 있으라니까요. 어떻게 죄악이 사람들의 눈을 멀게 만들었는지 묵상하고, 그릇된 예언자와 이단자들, 여자와 대장장이들, 그리고 인간의 영혼이나 육신을 더럽히는 모든 지식에 대항하여 그대들을 지키도록 기도를 하기 바랍니다.

---

5) 아일랜드 서해안의 만.

(사람들이 뒤로 물러난다. 성자는 교회로 들어간다. 메리 다울은 문 쪽으로 더듬거리며 가서 통로 가까이에서 무릎을 꿇는다. 사람들은 오른쪽에 모여 있다.)

티미 그분의 목소리가 아름답지 않아요? 단식을 하지 않는다면 멋지고 용맹스러운 사나이가 되셨을 테지요?

브라이드 그분이 손을 움직이는 걸 보셨나요?

몰리 여기에 그분처럼 기도할 수 있는 분이 있다면 좋을 텐데. 난 말이야 누군가가 기도하는 법을 알면 우리 샘물도 신비로운 효험이 있을 거라고 생각해. 듣자 하니 쓸만한 집도 없고 반반한 사람들도 없는 험한 곳에서 물을 가져올 필요가 없잖아.

브라이드 (오른쪽에서 문 안을 들여다본다.) 마틴 아저씨가 무릎을 꿇고 온몸을 떨고 있는 것을 보세요.

티미 (불안하여) 신이여 저 사람을 도우소서. . . . 오늘 저 사람이 자기 아내를 보게 되면 어떻게 할까요? 우리가 부인이 폭삭 늙은 주름투성이의 할망구가 아니라 잘생겼다고 거짓말한 게 잘못이었던 것 같아요.

맷 저 사람이 기분 상할 거 있나요? 눈이 보이지 않는 상황에서 그에게 기쁨과 자부심을 느끼게 해주었잖아요?

몰리 (메리 다울의 자리에 앉아 머리를 단정히 하며) 저 아저씨가 기분이 상하긴 하겠지만 이제부터 아내 말고도 생각할 게 많을 거예요. 아내 얼굴 2, 3주 쳐다보고 나면 도대체 누가 자기 아내를 좋아하나요?

맷 몰리, 그건 맞는 말입니다. 당신 신랑이 밤낮으로 당신 곁에 살면서 얻을 기쁨보다 마틴 아저씨가 저 길가에 무릎 꿇고 있는 저 할망구에 관해 우리가 해준 거짓말에서 얻은 기쁨이 훨씬 클 거예요.

몰리 (화가 나서) 그런 말 하지 마세요, 맷 사이먼 씨. 당신이 혹시 속으로 흑심을 품고 수탉처럼 울거나 멋진 노래를 부른다고 내 서방님이 되는 일은 없을 거예요.

티미 (놀라서 몰리 번에게) 성자님이 기도하고 계시니 목소리를 낮추세요.

브라이드 (소리친다.) 쉿. . . 쉿. . . 마틴 아저씨가 나은 것 같아요.

마틴 (교회 안에서 소리를 지른다.) 오, 하느님 영광 받으소서.

성자 (엄숙하게) 라우스 파트리 시트 에 필리오 쿰 스피리투 파라클리토 키수아에 도노 그라티아에 미세르투스 에 히베르니아에. . .

마틴 (황홀하여) 오, 하느님 영광을 받으소서. 이제 정말 보입니다. . . . 교회의 벽이 보이고, 실내의 초록 이끼가 보입니다. 신부님도 보이고 드넓은 하늘도 보입니다.

(기쁨에 겨워 반쯤 바보처럼 달려 나와 막 일어나고 있는 메리 다울에게 약간 거리를 두고 지나친다.)

티미 (다른 사람들에게) 자기 마누라를 몰라보는군.

(성자는 마틴을 따라 나와 메리 다울을 교회로 데리고 들어간다. 마틴 다울은 사람들에게 다가간다. 그와 젊은 아가씨들 사이에 남자들이 있다. 그는 지팡이로 자신의 자리를 확인한다.)

마틴 (기쁨의 환호성을 지르며) 이 사람이 티미 군이지요. 검정 머리카락으로 알아봤어요. . . . . 이 사람은 맷 사이먼이죠. 다리 길이로 알아봤어요. . . . 눈에 장난기가 있고 붉은 머리의 저 친구는 패치 루아일 거예요. (메리 다울의 자리에 앉아있는 몰리 번을 보자 목소리가 완전히 변한다.) 메리 다울, 사람들 말이 거짓이 아니었어. 오 하느님과 일곱 성자님께 영광을 돌립니다! 멀쩡히 살아서도 당신을 볼 수 없었다니. 성수, 그리고 성수를 가지고 먼 길을 오신 발에 축복이 있기를 빕니다. 이 날에 하느님의 축복이 있기를, 그리고 성자님을 이리 모시고 온 분들에게도 신의 축복이 있기를. 당신은 아름다운 머리, (몰리가 당황하여 고개를 숙인다.) 부드러운 피부, 그리고 성자들이라도 잠시 눈이 멀었다가 뜨면 하늘에서 추락하게 만들 눈을 가졌어. (그녀에게 더 가까이 간다.) 고개를 들어봐, 메리. 내가 동방의 위대한 왕들보다도 더 부자라는 걸 알 수 있게 말이야. 고개를 들라니까. 그리고 나를 봐. 나도 못생기지 않았거든. (몸을 만지자 몰리가 벌떡 일어난다.)

몰리 저리 가세요. 내 얼굴 더러워져요. (사람들이 깔깔대고 웃는다.)

마틴 (당황하여) 몰리의 목소리인데.

몰리 내가 내 목소리를 가지고 있는 게 이상한가요? 내가 유령인 줄 아세요?

마틴 당신들 중 누가 내 마누라야? (브라이드에게 간다.) 아가씨가 메리 다울인가? 사람들이 말하는 것과 비슷하다는 생각이 드는데. (그녀를 바라본다.) 아가씨는 금발에 하얀 피부를 가졌고, 당신의 숄에서 이 동네 냄새가 난단 말이야. (그녀의 숄을 잡는다.)

브라이드 (숄을 빼앗으며) 나는 아저씨 마누라가 아녜요. 저리 비켜요. (사람들이 다시 웃는다.)

마틴 (불안해하며 또 한 명 젊은 아가씨에게) 그럼 아가씨인가요? 그렇게 많이 예쁘진 않지만 큰 코에 손발이 귀여운 걸 보면 괜찮을 거 같은데.

젊은 아가씨 (경멸하듯) 나를 장님으로 보는 사람도 다 있군요. 눈 뜬 여자라면 당신 같은 사람과 결혼할 리 없지요.

(그녀가 돌아서자 사람들이 다시 웃는다. 사람들은 그를 좌측에 두고 약간 뒤로 물러선다.)

사람들 (비웃듯) 다시 한 번 해봐요, 마틴 씨. 다시 한 번 해봐요. 부인을 찾을 수 있을 거예요.

마틴 (열정적으로) 우리 마누라 어디에 숨겼지요? 이 짐승 같은 인간들, 내 평생 최고의 날에 나를 바보 취급하며 장난을 치는 게 부끄럽지도 않아? 나와 서부지방의 기적으로 불리는 여인을 가지고 이렇게 장난치며 웃다가 울다가 하는 게 멋있다고 생각하는 거로군.

(그가 교회를 등지고 말을 하는 동안 메리 다울이 시력을 회복하고 수줍게 웃으며 오른쪽으로 나와 마틴 다울의 뒤에 선다.)

메리 (그가 말을 멈추자) 누가 마틴 다울이죠?

마틴 (돌아서며) 마누라 목소리다. (서로 멍하니 바라본다.)

몰리 (마틴 다울에게) 가서 저 여자 턱을 붙잡고 나한테 했던 것처럼 속삭이세요.

마틴 (낮은 목소리로 힘주어) 내가 지금 입을 열면 당신 두 사람에게 험한 말을 할 것 같군요.

몰리 (메리 다울에게) 한 마디도 안 하는군요, 메리 다울 아줌마. 짜리몽땅 숏다리에 목이 양처럼 짧은 저 사람 어떻게 생각해요?

메리 주 하느님이 시력을 주시고 저런 사람을 눈앞에 세워놓으시니 슬프군요.

마틴 당신이 당신 자신을 볼 수 없는 걸 주 하느님께 무릎 꿇고 감사드려야 한다고. 만약 봤더라면 괴성을 지르며 협곡을 뛰어다니는 미친 여자처럼 금세 미쳐 날뛸걸.

메리 (자신을 의식하기 시작하며) 내가 사람들 말하는 것처럼 잘생기진 않았지만 그래도 나에겐 머리카락, 큰 눈, 그리고 하얀 피부가 있잖아요.

마틴 (버럭 소리를 지르며) 당신의 머리랑 눈이 어떻다고? . . . 내가 말하건대 세상 끝 어떤 회색 암말의 갈기도 당신 두상의 떡 진 머리보단 예쁠 거야. 곪어 죽어가는 돼지 눈도 당신이 바다처럼 푸르다고 한 당신 눈보다는 예쁘다고.

메리 (말을 가로막으며) 오늘 사탄이 당신의 돼지 이야기로 당신을 치료해주었군요. 사탄이 오늘 당신을 치료해주고, 거짓말로 돌게 만들었군요.

마틴 당신이야말로 10년간 밤낮 거짓말로 나를 우롱했어. 주 하느님이 나에게 눈을 주셔서 당신이 아이 하나도 못 낳는 쭈그렁 할망구라는 걸 보게 하시니 당신 기분은 어떠신가.

메리 나도 당신처럼 주름이 자글자글한 개새끼는 키우고 싶지 않아요. 종달새, 까마귀를 놀래주고 천사들이 하늘에서 도망가게 하여 천국을 휑하니 을씨년스럽게 만들 괴물들로 이 땅을 채우지 않는 여자들은 하느님을 찬양해야 하지요.

마틴 가서 당신이 숨을 수 있는 외딴 곳을 찾아보도록 하라고. 어서 가봐, 그렇지 않으면 성수로 장님이 되게 해달라고 무릎에 피가 나도록 하느님께 소리쳐 기도하는 남녀들을 보게 될 거야. 남자들은 당신을 쳐다보느니 차라리 백 년이든 천 년이든 장님이 되는 게 낫다고 생각할걸.

메리 (지팡이를 들어 올리며) 내가 당신을 세게 내려치면 당신 뜻대로 다시 장님이 될지도 몰라요.

(교회 안에 성자가 고개를 숙이고 기도하는 것이 보인다.)

마틴 (지팡이를 들어 메리 다울을 왼쪽으로 가게 한다.) 저리 꺼지지 않으면 지팡이로 내리쳐서 당신이 달고 다니는 주먹만 한 대가리를 날려버릴 거야.

(그녀를 때리려 하자 티미가 그의 팔을 붙잡는다.)

티미 성자님이 저기서 기도하고 계신데 큰 소란을 피우다니 부끄럽지 않으세요?

마틴 내가 왜 저 양반을 신경 써야 하지? (팔을 뿌리치려 한다.) 저 여자를 한 대 때려줘야겠어. 그리고 죽을 때까지 입을 다물도록 하지.

티미 (마틴 다울의 몸을 흔들며) 제발 좀 조용히 하세요.

성자 (무대 가운데로 나오며) 이 사람들이 너무 좋아서 정신이 나간 거야? 아니면 처음 병이 치유된 날이라 아직 시력이 불안한 건가?

티미 성자님, 이 사람들 시력은 아주 깨끗합니다. 이 사람들은 서로 외모가 마음에 들지 않아서 크게 한바탕 싸웠습니다.

성자 그대들에게 시력을 주신 주님께서 약간의 이성도 주셨기를 바란다. 그리하여 두 가련한 죄인인 그대들 자신이 아니라, 고원지대에서, 그리고 비디고 떨어지는 거피른 징말에서 이나금색 빛나는 생명의 광채를 보기 바란다. 만약 그대들이 그런 것을 생각한다면 얼굴에 신경 쓰지 않게 될 것이며, 헌 자루 둘러맨 채 야위어가는 위대한 성자들처럼 기도와 찬송 속에서 살게 될 것이다. (티미에게) 저 사람을 놔주세요. 다시 조용해졌어요. (티미가 마틴 다울을 놓아준다.) 그리고 그대는 (메리 다울에게 돌아선다.) 언성을 높이지 않도록 하라. 여자가 그러면 좋지 않느니라. 여러분들은 주님의 권능을 목격한 바, 밤마다 주님이 가난해서 굶는 아일랜드 사람들을 얼마나 긍휼히 여기고 사랑하시는지 생각하고 기도하시오. (망토를 어깨에 두른다.) 주님이 여러분 모두를 축복하십니다. 나는 이제 귀머거리 여인이 있는 아나골란에 갔다가 정신이 나간 두 남자가 있는 라라그, 그리고 태어날 적부터 눈 먼 아이들이 있는 글래나실에 갑니다. 그리고 오늘 밤은 성 케빈의 침대에서 밤을 보내면서 하느님을 찬양하고 여러분 모두를 축복할 겁니다. (머리를 숙인다.)

(막이 내려온다.)

2막

마을의 도로변. 왼쪽에 대장간 문이 있고 부서진 바퀴 등이 놓여 있다. 중앙 부근에 뚜껑이 덮인 샘이 있고 그 뒤로 지나다닐 공간이 있다. 마틴 다울은 대장간 근처에 앉아 나무를 자른다.

티미 (대장간 안에서 망치질 하는 소리가 들린다. 외친다.) 거기 밖에 서둘러 주세요. 날이 저물면 새로 불을 펴야 하는데 아저씨는 나무를 절반도 못 잘랐어요.

마틴 (시무룩하게) 난 날이 저물 때까지 산사나무를 자르다가 뻗어버릴 거야. 난 돼지가 생명을 지탱할 만큼도 음식을 먹지 못했어. (문 쪽으로 돌아선다.) 원하면 자네가 이리 나와서 직접 나무를 잘라보라고. 사람은 하루에 한 시간 정도는 쉴 권리가 있어.

티미 (조급한 듯 망치를 들고 나온다.) 다시 쫓겨나서 길거리를 떠돌고 싶으세요? 아저씨, 보세요. 제가 먹을 것 주고, 잠자리 주고 게다가 돈까지 주고 있지요. 그런데 아저씨 말을 듣고 있으면 내가 아저씨를 구타하고 아저씨 금덩이를 훔쳤다고 생각하시는 거 같아요.

마틴 내가 금덩이를 가지고 있다면 자네가 금방 훔쳐갈걸.

티미 (망치를 내려놓고 잘라놓은 나무를 집어 문 안으로 던진다.) 아저씨 같은 빈둥거리는 게으름뱅이 바보에게 돈이 있을 리가 없지요.

마틴 여기 자네와 함께 있으니 두려워할 이유가 없겠지. 내가 여기서 하루 종일 죽도록 일해서 버는 것보다 그리아난에서 얼마 전까지 장님으로 앉아서 버는 것이 더 많았어.

티미 (놀라서 멈춘다.) 열심히 일을 한다고요? (그에게 다가간다.) 마틴 다울 씨, 열심히 일하는 법을 가르쳐드리죠. 당장 외투를 벗고 소매를 걷어붙이고 내가 용광로 아래에서 재를 긁어내는 동안 저것들을 자르세요. 안 그러면 더 이상 봐줄 수 없어요.

마틴 (겁을 먹고) 날더러 이 겨울 날씨에 외투도 안 입고 밖에 앉아 있다가 죽게 하려는 건가?

티미 (고압적인 투로) 당장 벗든가, 아니면 떠나든가 하세요.

마틴 (처량하게) 오, 하느님 도와주세요! (외투를 벗기 시작한다.) 듣자 하니 자네는 죽은 마누라 수의를 벗기고 시신을 땅에 묻었다고 하더군. 자네처럼 산 오리들의 털을 다 뽑은 다음 비가 오고 추운 날씨에 맨살로 밖에 돌아다니게 하는 사람은 없어. (소매를 걷어 올린다.) 자네에 대해 이상한 이야기를 많이 들었는데 오늘부터는 그것들을 전부 믿기로 했고, 또 아이들에게도 이야기해줄 거야.

티미 (큰 나무를 끌고 와서) 쓸데없는 소리 그만하고 이걸 자르세요. 아저씨 말은 신경 안 써요.

마틴 (나무를 받으며) 티미 군, 이 나무는 너무 단단한데. 저런 단단한 통나무는 껍질도 차갑고 서리가 끼어 미끄러워 자르기가 어려울 거야.

티미 (나무를 한 아름 더 모으며) 왜 춥지 않겠어요, 새 달 들어 물이 얼 정도인데? (대장간 안으로 들어간다.)

마틴 (천천히 나무를 자르며 수다스럽게) 왜냐고, 티미 군? 매일 험하고 짐승처럼 살다 보니 이제는 장님들은 언덕 위에 떠다니는 회색 구름, 자네처럼 코가 빨갛고 눈물, 콧물을 흘리는 사람들을 보지 않아서 좋겠다고 생각할 정도야, 대장장이 티미 군.

티미 (문지방에서 눈을 깜빡거리며) 이제 눈을 뜬 게 싫은가요?

마틴 (아주 비참하게) 인간으로 눈을 뜨고 자네 같은 사람 가까이에서 살거나 (나무 하나를 잘라서 던진다.) 또는 여자와 결혼생활을 하는 것은 (나무를 자른다.) 어려운 일이야. 전능하신 하느님도 안 좋은 날에 세상을 내려다보는 것, 자네 같은 인간들이 수렁에서 이리저리 허우적거리며 다니는 걸 바라보는 게 괴로우실 거라고 생각돼.

티미 (냄비걸이로 모루에 가볍게 두드리며) 마틴 다울 아저씨, 아저씨가 고민하는 거 이해해요. 성자님이 치유시킨 사람들 중 많은 사람이 얼마 후에 다시 시력을 잃어버리죠. 듣자 하니 메리 다울 아주머니도 시력이 다시 흐려지고 있다지요. 만약 주님이 아저씨가 하는 이야기를 들으시면 더 이상 자비를 베풀지 않을 거예요.

마틴 난 시력을 잃는 게 하나도 두렵지 않아. 날이 어두운데도 자네 눈가의 보기 싫은 주름이 선명하게 보이거든.

티미 (날카롭게 그를 쏘아보며) 동쪽 하늘에 구름이 개어서 날이 어둡지 않아요.

마틴 나를 겁주기 위해 자신을 괴롭히지 말게나. 자네는 내가 눈이 멀었던 시절 내게 많은 나쁜 거짓말을 했어. 이제 그만두고 좀 쉬게나. (메리 다울이 초록색 물건이 든 자루를 들고 오른쪽에 은밀히 나타난다.) 아일랜드의 바보들은 피곤하지 않으면 쉴 생각을 하지 않는단 말이야. (고개를 들어 메리 다울을 본다.) 오, 하느님, 마누라가 다시 나타났다.

(등을 돌린 채 바쁘게 일을 하기 시작한다.)

티미 (메리 다울이 두 사람을 쳐다보지 않고 지나가자 티미가 흥미가 나서 그녀에게) 메리 다울 아줌마, 아저씨 좀 보세요. 아주머니가 아저씨를 성실하게 만드신다면 아주머니 능력을 인정할게요. 날이 새고 이 시간까지 빈둥거리며 불평만 하고 있거든요.

메리 (퉁명스럽게) 대장장이 티미 씨, 무슨 얘기 하는 건가요?

티미 (웃으며) 물론 아저씨 얘기죠. 등이 찢어진 셔츠를 입고 있는 것 좀 보세요. 오늘 밤엔 들르셔서 아저씨 셔츠를 꿰매줘야 할 것 같습니다. 서로 말을 안 하고 지낸 지 꽤 된 거 같은데.

메리 당신들 두 사람 나를 귀찮게 하지 말아요.

(고개를 쳐든 채 왼쪽으로 퇴장한다.)

마틴 (하던 일을 멈추고 그녀의 뒤를 바라본다.) 저 여자 하루걸러 한 번씩 내 얼굴을 보러 오는 게 이상하지 않아?

티미 (빈정거리듯) 아저씨 얼굴을 보러요? 아주머니는 신부님이 아가씨랑 이야기하면서 도랑에 빠진 주정뱅이를 외면하듯 고개를 돌리고 지나갔는걸요. (마틴 다울은 일어나 용광로 모퉁이로 가서 왼쪽 바깥을 쳐다본다.) 아주머니 신경 쓰지 마시고 이리 오세요. 아주머니는 이제 마음의 상처를 받으면서 아저씨에게 먹을 것과 입을 것 챙겨주는 일을 포기하고 떠나버렸으니 쳐다보지 말고 이리 오기나 하세요.

마틴 (화가 나서 소리친다.) 자네 말이 맞아, 티미 군. 내가 저 여자를 내쫓아버렸어.

티미 그건 거짓말이에요. 하지만 난 누가 누구를 찼는지에는 관심 없고, 이리 와서 일이나 하세요.

마틴 (돌아서며) 그러지.

(멈추고 한두 발짝 중앙으로 가서 오른쪽을 내다본다.)

티미 뭘 쳐다보세요?

마틴 누가 걸어오고 있어. . . . 몰리 번이 깡통을 들고 내려오는 것 같아.

티미 저게 몰리 번이든 아니든 신경 쓰지 말고 나무일이나 부지런히 하세요. 조금 후에 용광로에 풀무질을 해야 해요. (냄비걸이를 내려놓는다.)

마틴 (소리 지른다.) 나를 아예 불에 구워 죽일 셈인가? (돌아서서 냄비걸이를 보고 집어 든다.) 냄비걸이? 이것 때문에 새벽부터 저 안에서 재채기하고 땀 흘리고 그랬나?

티미 (만족스러운 듯 모루에 앉아 쉬며) 저는 결혼해서 마누라와 살림할 때 필요한 것들을 많이 만들지요, 마틴 다울 아저씨. 어젯밤에 들으니 성자님이 곧 이리 지나가신다고 하더군요. 나와 몰리를 결혼시켜 달라고 성자님께 부탁드릴 겁니다. . . . 해주실 거예요. 한 푼도 안 받는다고 하더군요.

마틴 (냄비걸이를 내려놓고 그를 뚫어지게 쳐다본다.) 몰리는 전능하신 하느님을 찬양할 것이고, 하느님은 몰리에게 자네 같은 잘생기고 떡 벌어진 남성을 보내주시는 거로군.

티미 (불편한 듯) 몰리야 착한 여성인데 당연히 그렇게 하지 않을까요?

마틴 (오른쪽을 보며) 그렇게 하지 않을 이유가 없지? 하느님이 두 사람을 멋진 부부로 맺어주신 거야. 만약 자네가 자네 같은 여자와 결혼한다면 세상에서 가장 개망나니 같은 애들이 태어나게 될 거야.

티미 (몹시 기분이 상해서) 하늘이 무섭지도 않으시군요. 아저씨는 추한 몰골에 혀는 아저씨 외모보다 더 추한 것 같아요.

마틴 (마찬가지로 기분이 상해서) 어이구 추워 죽을 지경이다. 내가 못생기긴 했지만 자네 같은 빨간 코는 어디서도 본 적이 없어, 대장장이 스미스 군. 저기 몰리가 오는 것 같은데 눈곱 낀 눈과 길거리에 세워진 낡은 허수아비처럼 큰 코를 한 채 거기에 앉아있지 말고 집에 들어가 세수라도 하게나.

티미 (불안하게 길을 보며) 몰리는 내 외모에 신경 쓸 이유가 없어요. 내가 언덕 위에 방 네 개짜리 집을 지었거든요. (일어선다.) 그런데 아저씨와 메리 아줌마는 여기서도, 그리고 저 위 라스바나에서도 만나는 사람마다 앉혀 놓고 오로지 얼굴 생김새 외에는 어떤 얘기도 하지 않고 생각도 하지 않으니 참 이상한 일이죠. (대장간 쪽으로 간다.) 아저씨의 잘생긴 외모 얘기 때문에 환장하겠어요. 아마도 들어가서 눈가의 검댕을 씻고 와야겠어요.

(대장간으로 들어간다. 마틴 다울은 외투자락으로 몰래 얼굴을 닦는다. 우측에서 몰리 번이 물통을 들고 들어와 샘에서 채우기 시작한다.)

마틴 하느님이 당신을 구원하시길, 몰리 번 아가씨.

몰리 (무관심하게) 하느님이 아저씨를 구원하시길.

마틴 흐리고 쓸쓸한 날이로군. 주님이 자비를 베푸소서.

몰리 약간 흐려요.

마틴 눈을 뜨고 살다 보면 우리는 구질구질한 날, 우울한 아침, (어깨 너머를 가리키며) 그리고 꾀죄죄한 인간들을 만나야 하죠. 그런데 한 가지 멋진 일은 아가씨 같은 흰 피부의 아름다운 젊은 아가씨를 바라보는 것입니다. . . . 나는 아가씨를 볼 때마다 성자님들과 성수, 그리고 하늘에 계신 전능하신 주님의 권능에 축복기도를 올립니다.

몰리 신부님 말씀에 의하면 아름다운 아가씨를 보면서 기도하는 걸 배우지는 않는다고 하던데요. (컵으로 물을 깡통에 퍼담는다.)

마틴 그건 사람들이 당신의 말소리는 듣되 실물은 보지 못하는 내 처지를 경험해보지 못했기 때문이지요.

몰리 아저씨처럼 늙고 심술궂고 엉큼한 사람이 눈을 감고 앉아 지나가는 아가씨나 여인들을 보지 못했다고 하니 참 힘든 시간이었을 것 같아요.

마틴 힘든 세월이긴 했지만 아가씨가 그리아난에 가면서 말하는 소리를 들었을 때 대단히 기쁘고 자랑스러웠어요. (처량함을 짙게 풍기며 말하기 시작한다.) 당신 목소리는 불쌍한 장님에게 많은 아름다운 것을 생각하게 했고, 당신 목소리를 들은 날은 다른 생각은 거의 할 수 없었어요.

몰리 그런 말을 하면 아줌마한테 일러줄 거예요. . . . 들으셨겠지만 아줌마는 저 아래서 오플린 과부 아줌마네 쐐기풀을 뜯고 있어요. 과부 아줌마는 아줌마랑 아저씨가 싸우는 걸 보았고, 네거리에서 아저씨가 아줌마에게 함부로 하는 걸 보고 안쓰럽게 생각했죠.

마틴 (성급하게) 나한테 말을 거는 사람이나 "당신을 축복합니다"라고 말하는 사람마다 그 할망구 얘기, 또는 그날 그리아난에서 있었던 일 이야기 좀 안 할 수 없나요?

몰리 (악의적으로) 저는 아저씨가 "쨍하고 해 뜬 날"이라고 부른 그날을 상기시켜 드리는 게 좋을 줄 알았어요.

마틴 "쨍하고 해 뜬 날이라고?" (다시 시무룩해져서 일거리를 제쳐놓고 그녀 쪽으로 기대면서) 재수 옴 붙은 날이겠지요. 그날 나는 할머니의 옛날 이야기를 듣고 밤에 황금으로 지은 집에서 점박이 말을 타는 꿈을 꾸며 자다가 깨어보니 지붕은 물이 새고 마당엔 굶주린 당나귀가 울고 있으며 추위에 덜덜 떠는 어린아이와 같았어요.

몰리 (무관심한 듯 일하며) 마틴 다울 아저씨, 오늘 말솜씨가 너무 아름다워요. 아까 해가 질 무렵 술집에 계셨나요?

마틴 (일어서서 그녀 쪽으로 오더니 옹달샘의 오른쪽에 선다.) 몰리 양, 아닙니다. 나는 지저분한 헛간에 누워 있었어요. 짚을 깔고 누워 그대가 걷는 것을 보고 마른 길 위의 그대 발자국 소리를 듣는 상상을 했어요.

그대가 마른 통나무로 지붕 서까래를 만든 건물의 큰 방에서 크게 웃으며 이야기를 나누는 소리가 들리는 듯했지요. 저녁 무렵 여기 앉아서 대장장이 티미의 잔소리를 들을 때보다 당신 목소리를 장님들처럼 누워서 들을 때 행복했어요.

몰리 (흥미롭게 그를 바라보며) 늙고 꾀죄죄한 난쟁이 똥자루 주제에 말솜씨는 대단하군요.

마틴 사람들이 말하는 것만큼 나이가 많지는 않아요.

몰리 젊은 아가씨에게 수작을 걸기엔 나이가 많아 보이는데요.

마틴 (시무룩해져) 아가씨 말이 틀린 말은 아닐지도 모르지요. 나는 대장장이 티미의 거짓말에 속아 여태까지 그 할망구한테 사랑을 느끼며 사랑을 이야기하느라 긴 세월 세상을 등지고 살았어요.

몰리 (반쯤 유혹하듯) 그래서 이런 방법으로 대장장이 스미스 씨에게 복수를 하려는 거군요. . . . 지금까지 그 사람의 거짓말을 사랑한 건 아니지요, 마틴 다울 아저씨.

마틴 물론이지요, 몰리 양. 하느님 저희를 용서하소서. (그녀의 뒤로 가 그녀의 왼쪽으로 가까이 간다.) 나는 카히르 평원[6]과 코르크 산맥[7] 너머에도 햇볕이 따뜻하고 하늘 맑은 땅이 있다는 말을 들었어요. (그녀를 향해 몸을 숙이며) 한때 장님이었던 남자에게, 또는 당신처럼 예쁜 목과 피부를 가진 여인에게 햇빛은 중요하지요. 우린 오늘 당장 길을 떠나서 남부지방의 마을들을 돌며 사람들 앞에서 이야기도 하고 장터에서 노래도 부르는 멋진 생활을 할 수 있어요.

---

6) 케리 카운티에 위치한 타운.

7) 코르크와 케리 사이의 경계에 있는 산들.

몰리 (약간 흥미를 느끼고 돌아서서 그를 위아래로 훑어본다.) 아저씨의 꾀죄죄한 외모에 마누라가 떠나버렸는데 저에게 그런 말씀을 하시니 이상한 일 아닌가요?

마틴 (약간 물러난다. 상처 받고 화가 남.) 어쩌면 알 수 없는 일인지도 모르지요. 세상 모든 일이란 알 수 없어요. (낮은 목소리로 독특하게 힘을 주어) 그렇지만 한 가지는 분명해요. 마누라가 나를 떠나긴 했지만 그건 나를 보았기 때문이 아닙니다. 나야 전혀 변한 게 없으니까. 그 이유는 내가 두 눈으로 자기를 보기 때문이지요. 잠자리에서 일어나고 음식을 먹고 머리를 빗고 잠자리에 눕는 것 말입니다.

몰리 (호기심에 끌려 경계심을 풀고) 결혼한 남자들은 다 마찬가지 아닌가요?

마틴 (그녀가 관심을 끄는 순간을 포착하여) 오랫동안 눈이 멀어보지 않은 사람은 사람을 볼 줄 모르죠. (흥분하여) 할머니를 부패 중인, 매장되어야 할 시체로 보는 사람은 좀 있지요. 허나 당신 같은 사람을 알아보는 사람은 드물어요. (그녀에게 몸을 숙인다.) 당신은 바다로부터 배를 끌어들이는 거대한 등불처럼 빛이 나지요.

몰리 (그에게서 물러나며) 마틴 다울 씨, 가까이 오지 마세요.

마틴 (낮고 무척 화가 난 목소리로 빠르게) 진실을 말씀드리는 겁니다. (몰리의 어깨에 손을 얹고 그녀를 흔든다.) 긴 세월 궂은 날씨와 더러운 것들을 많이 본 사람과는 결혼하지 않는 것이 좋습니다. 그대가 아침에 기상하여 길가의 쪽문으로 나올 때 그런 사람에게는 당신을 바라볼 만한 눈이 없기 때문입니다. 남자가 시력을 가지고 있다가 장님이 되면, 그래서 길을 갈 때 그대의 두 눈이 그를 지켜보며 그의 머리 위에서 빛나면 아름다울 것입니다.

몰리 (반쯤 최면상태로 듣고 있다가 달아나며) 이건 정신이 나간 사람이나 하는 말입니다.

마틴 (따라가서 그녀의 오른쪽으로 간다.) 남자가 아가씨 같은 사람 가까이에서 미친다고 해도 별로 놀랄 일은 아니지요. 깡통을 내려놓고 나를 따라오세요. 내가 오늘 그대를 보지만, 세상 어떤 남자도 나처럼 당신을 바라본 적이 없어요. (그녀의 팔을 잡고 부드럽게 오른쪽으로 끌어당긴다.) 이제 그대를 이버라그의 땅[8]과 코르크 산악으로 안내할게요. 거기에서 당신은 내딛는 걸음마다 아름다운 꽃을 지르밟아 대기를 향기롭게 만들 거예요.

몰리 (깡통을 내려놓고 그에게서 벗어나려고 하며) 마틴 다울 씨, 나를 놓아주세요. 놓아달라고 하잖아요.

마틴 어리석은 소리 하지 말아요. 숲속 작은 오솔길로 갑시다.

몰리 (대장간 쪽으로 소리를 지르며) 대장장이 스미스 씨.

(티미가 대장간에서 나오자 마틴 다울은 몰리를 놓아준다. 몰리는 흥분되어 숨을 몰아쉬며 마틴 다울을 가리킨다.)

눈이 멀면 이성도 잃어버린다는 말을 들은 적 있나요, 대장장이 스미스 씨?

티미 (의심하지만 자신 없는 듯) 그 사람 틀림없이 제정신이 아니죠. 일하면서 재워주고 먹여주고 돈까지 주는 곳에서 곧 쫓겨나고 말 겁니다.

몰리 (전과 같이) 티미 씨, 증세가 그보다 훨씬 더 심각해요. 자기가 입을 열기만 하면 나 같은 여자가 뒤꽁무니를 따라다닐 거라고 생각하는

---

8) 아일랜드 남부의 반도.

남자라면 대단한 남자가 아닌지 보시고 말해주세요.

(마틴 다울은 손으로 눈을 가리고 중앙 쪽으로 피한다. 메리 다울이 왼쪽에 조심스럽게 나오는 것이 보인다.)

티미 (놀라서 멍한 표정으로) 장님들 사악합니다. 정말이에요. 하지만 저 사람 오늘 내보낼 거예요. 골치 아파서 안 되겠어요.

(왼쪽으로 돌아서서 마틴 다울의 외투와 지팡이를 집어 든다. 무엇인가가 외투 주머니에서 떨어지자 줍는다.)

마틴 (돌아서서 메리 다울을 보고 애원하듯 몰리에게 속삭인다.) 저 여자와 대장장이 면전에서 날 망신주지 말아줘요, 몰리. 나는 그대에게 아름다운 말을 하고 밤에. . . 꿈을 꾸었는데. . . . 나를 망신주지 말아줘요. (주저하더니 하늘을 둘러본다.) 천둥 소나기가 내리려나 아니면 세상 종말이 오려나? (메리 다울 쪽으로 불안정하게 가다가 깡통에 걸려 약간 비틀거린다.) 암흑으로 그리고 하늘에서 일어나는 큰 변고로 천국이 문이 닫히고 있다. (메리 다울에게 가서 그녀의 왼팔을 양손으로 붙잡는다. 미친 듯 소리치며) 여보, 천둥의 어둠이 오고 있어. 당신 눈에 내가 똑똑히 보여?

메리 (팔을 잡아 빼며 빈 자루로 그의 얼굴을 때린다.) 똑똑히 보여요. 내 앞에 얼씬거리지 마세요.

몰리 (박수를 치며) 잘했어요, 메리 아줌마. 나를 따라다니며 자기랑 가자고 꾀는 저런 남자는 혼내줘야 해요. 결국 나도 아줌마처럼 불쌍한 거렁뱅이 할머니가 되라는 거죠.

메리 (항의하듯) 몰리 번, 턱 피부가 처지면 아일랜드 전체에서 너 같은 쭈그렁 할망구는 없을 거야. 둘이 잘 어울리는 한 쌍이 되겠지.

(마틴 다울은 등을 돌린 채 무대 중앙 뒤편에 서있다.)

티미 (메리 다울에게 오며) 몰리가 아줌마처럼 될 거라고 말하다니 염치도 없어요?

메리 뚱뚱하고 살이 늘어진 사람들은 젊어서 주름살이 생기죠. 그리고 몰리의 은황색 머리카락은 머지않아 마구간 북쪽 귀퉁이에서 젖은 채 썩어가는 건초다발처럼 변할 거예요. (오른쪽으로 나가려고 돌아서며) 아, 나처럼 45년간 평범하고 수수한 얼굴을 가진 것이 멍청이들을 잠시 홀리다가 아이들이 도망갈 정도의 추물로 변하는 것보다 낫지요.

(메리 다울이 나간다. 마틴 다울이, 자신을 억제하면서 그러나 불안하게, 앞으로 나온다.)

티미 몰리, 하느님이 장님들의 험한 말로부터 우리를 지켜주시길 빌어요. (티미는 마틴 다울의 외투와 지팡이를 내던진다.) 아저씨의 쓰레기 여기 있어요, 마틴 다울 씨. 가져가세요. 이게 아저씨 재산 전부이니 세상 속으로 떠나세요. 앞으로 아저씨를 다시 만나게 되면, 장님이든 아니든, 큰 망치로 한 방 갈겨 세상 종말까지 못 일어나게 하겠어요.

마틴 (낑낑대며 일어나) 자네가 나에게 그렇게 말해야 할 이유라도 있나?

티미 (몰리 번을 가리키며) 내가 왜 그러는지 잘 아실 텐데. 내가 결혼하려는 조신한 젊은 아가씨가 아저씨 같은 추레한 또라이한테 이야기, 그러니까 온갖 황당무계한 헛소리를 듣고 마음의 상처를 받아서는 안

된다는 거 잘 아시잖아요.

마틴 (언성을 높이며) 이 아가씨가 자네를 가지고 노는 거야. 생각해봐. 두 눈 멀쩡하게 뜬 어떤 아가씨가 자네와 결혼하겠어? 몰리, 이 친구를 좀 봐요, 이 친구 좀 보라고요. 나도 지금 보고 있으니 큰소리로 말하세요. 일할 시간 됐으니 대장간에 들어가라고 하세요. 혼자 앉아서 재채기하고 땀 흘리며 냄비걸이나 마르고 닳도록 만들라고 하세요. (몰리의 팔을 다시 붙잡는다.)

몰리 티미, 이 사람 내 곁에 오지 못하게 좀 해줘요.

티미 (마틴 다울을 옆으로 밀치며) 마틴 다울 아저씨, 저에게 한 대 맞고 싶으세요? 몰리에게 집적대지 말고 아저씨에게 천생연분인 부인에게 가세요.

마틴 (낙심하여) 몰리 양, 큰소리로 이 친구에게 욕설을 해줄 생각이 없어요?

몰리 (티미의 왼편에서) 나는 당신 몰골을 보고 당신의 목소리를 듣는 데 지쳤다고 말할 거예요. 이제 아저씨 마누라에게 가세요. 만약 부인이 때리면 마을 여자애들과 언덕을 뛰어다니는 땜쟁이 딸들 꽁무니나 쫓아다니세요. 언젠가는 나처럼 조신한 젊은 아가씨에게 어떻게 말을 걸어야 하는지 배우게 될 거예요. (티미의 팔짱을 낀다.) 저 사람 떠날 때까지 함께 대장간에 들어가 있어요. 저 아저씨 험상궂은 표정이 무서워요.

(대장간으로 들어간다. 티미는 문턱에 멈춰 선다.)

티미 여기에 다시는 얼씬거리지 마세요, 마틴 다울 씨. (팔을 걷어붙인다.)

대장장이 스미스 군은 팔 힘이 셀 뿐 아니라 당신 골통뼈보다 훨씬 더 단단한 것들도 많이 부쉈다는 걸 알아두세요.

(대장간 안으로 들어가서 문을 닫는다.)

마틴 (잠시 손으로 눈을 가리고 서 있다.) 여자의 악담과 남자의 완력, 이게 내가 세상살이에서 마지막으로 바라보는 것이다. 오, 하느님. 불쌍한 장님을 굽어 살피소서. 저는 저 사람들을 해칠만한 힘조차 없습니다. (잠시 여기저기 더듬다가 멈춘다.) 저에게 힘은 없지만 기도할 목소리는 남아 있습니다. 신이여 오늘 저 두 사람을 죽게 하소서. 그리고 저의 영혼도 저들과 같은 시간에 죽게 하소서. 그리하여 몰리 번과 대장장이 스미스 두 사람이 지옥의 높은 침상 위에서 비명소리를 지르는 것을 보고 싶습니다. . . . 그때 저 두 사람이, 하루, 또 하루, 매일, 날마다, 그리고 영원히, 몸을 뒤틀면서 소리를 지르고 또 몸을 뒤틀면서 소리를 지르는 것을 보면 아주 즐거울 겁니다. 그때 나는 내가 장님이라는 생각이 안 들 겁니다. 그리고 나에게 거긴 지옥이 아니라 천국과 같을 겁니다. 나는 전능하신 하느님이 모르실 정도로 잘 지내게 될 겁니다. (더듬거리며 나간다.)

(막이 내린다.)

3막

1막과 같은 장면. 중앙의 터진 부분이 들장미와 다른 가지들로 채워져 있다. 다시 장님이 된 메리 다울이 좌측에서 더듬거리며 들어와 전처럼 앉는다. 그녀는 몇 개의 골풀을 들고 있다. 초봄이다.

메리 (구슬픈 듯) 아, 하느님, 도와주소서. . . . 하느님, 도와주소서. 지난번엔 눈이 지금처럼 캄캄하지 않았는데, 지나가는 사람도 없고 바람은 찬데, 혼자 일해 어떻게 먹고 사나, 아이고 난 망했다. (골풀을 자르기 시작한다.) 이제부터 하루가 길게 느껴지겠지. 여기 앉아서 전혀 앞이 안 보이는 데다 말소리 하나 못 듣고, 못된 심보의 남편이 속히 벌을 받게 해달라고 간절히 기도하는 것 외에 아무 생각도 할 수가 없어. 사람들이 지나가다가 손가락질을 하며 남편은 어디 있느냐고 물으며 엄청 놀려대겠지. 이제부터 곱슬머리 백발이 이마에 흘러내리는 노인이 될 때까지 조용히 품위 있게 살아가기는 틀렸어. (머리를 만지작거리다가 무슨 소리인지 듣는 것 같다. 잠시 귀를 기울인다.) 뭔가 이상하고 비칠거리는 발자국 소리가 이쪽으로 오고 있다. 하느님 도와주소서. 분명히 그 양반이 오고 있어.

(메리 다울은 완전히 조용히 서있다. 마찬가지로 장님인 마틴 다울이 우측에서 더듬거리며 온다.)

마틴 (침울하게) 나에게 자기가 잘생겼다고 거짓말을 한 메리 다울은 벌을 받아야 해. 내가 그 말이 거짓이라는 걸 보게 한 성자도 벌을 받아야 해. (메리 가까이 앉는다.) 밤낮 험한 일을 시키고 배에서 바람 소리가 나도록 나를 굶긴 대장장이 스미스도 벌을 받아야 해. 몰리 번과 (메리 다울이 고개를 끄덕인다.) 세상의 여자들에게 숨겨진 나쁜 영혼들도 벌을 받아야 해. (손으로 얼굴을 감싸고 앞뒤로 몸을 흔든다.) 아, 외롭다. 사람들이 무섭긴 하지만 지저분하고 주름살 많은 할망구 메리 다울과 함께 앉아 있는 게 아무도 없는 것보단 낫지. 추운데 혼자 앉아 밤이 오는 소리, 들장미 숲에서 찌르레기 슬피 울며 날아다니는 소리, 마차 한 대가 동쪽으로 먼 길을 떠나고 또 한 대는 서쪽으로 먼 길을 떠나고, 개가 짖고 바람에 나뭇가지가 흔들리는 소리를 들으며 나는 죽어가겠지. (귀를 기울이더니 무겁게 한숨을 쉰다.) 혼자 앉아 있다가 시력처럼 정신도 나가버리겠지. 온갖 생물이 움직이고, 작은 나뭇가지가 부러지고, 풀잎이 사각거리는데 혼자 앉아 자기 숨소리와 (돌 위에서 발을 움직인다.) 발소리를 들으면 무섭겠지. (메리 다울이 가볍게 한숨을 쉬자, 마틴 다울은 공포에 질려 그쪽을 향한다.) 해와 달을 향해 맹세하건대 무언가가 돌 위에서 숨을 쉬고 있다! (잠시 메리 다울을 향해 귀를 기울이더니 불안한 듯 일어나 더듬거리며 지팡이를 찾는다.) 가야겠는데 내 지팡이를 어디에 두었더라. 무섭고 두려워 죽을 지경이다. (더듬거리다가 메리 다울의 얼굴에 손이 닿자 소리를 지른다.) 내 옆에 차가운 사람의 얼굴을 한 뭔가가 있다. (몸을 돌려 도망가려고 하는데 길을 찾지 못해 벽에 부딪힌다.) 길을 잃어버렸다. 자비로운 신이여, 저의 발걸음을 길로 인도하소서. 저는 밤낮으로 기도할 것이며 젊은 아가씨들 소리에 귀를 기울이지도 않고 죽는 날까지 나쁜 짓을 하지 않겠습니다.

메리 (화가 나서) 전능하신 하느님께 거짓말하지 말아요.

마틴 메리 다울, 당신이야? (마음이 놓이는 듯 기운을 차리며) 당신 맞아?

메리 오랫동안 들어보지 못한 다정한 목소리로군요. 당신은 나를 몰리 번으로 생각하고 있어요.

마틴 (그녀에게 가며 얼굴의 땀을 훔친다.) 눈은 남자의 마음을 뒤집어놓는 요물이다. 내가 당신을 무서워하는 날이 오기까지 살다니 희한한 일이지. 나는 잠시 충격을 받았지만 곧 괜찮아질 거야.

메리 당신은 다시 멋진 남자가 될 거예요. 진심이에요.

마틴 (약간 떨어져 수줍은 듯 앉는다.) 말하지 않아도 알아. 당신도 나처럼 장님이 되었다는 말 들었어.

메리 장님이긴 하지만 세계 제일의 바보로 보이는 땅딸보 장님과 결혼했다는 걸 기억하고 있죠. 오늘부터는 그 사람이 여자 하나가 옆에서 조용히 숨 쉬는 소리에 혼비백산했던 일을 기억할 것입니다.

마틴 당신은 얼마 전 바람도 없고 화창한 날 우물이나 맑은 둠벙을 내려다보았을 때 무엇을 보았는지 기억하겠지.

메리 분명히 알고 있어요. 내가 비록 저 아래 거짓말쟁이들이 말했던 것처럼 생기진 않았지만 둠벙에서 내 마음에 기쁨과 축복을 심어주는 것도 보았어요. (다시 손을 머리로 가져간다.)

마틴 (씁쓸하게 웃으며) 사람들은 날더러 미쳐버릴 거라고 했지만 난 결코 그 정도는 아니었어. . . . 메리 다울, 당신은 외모가 기적은 아니었는데 동부지방에선 가장 잘난 척하는 여자였어.

메리 (비웃듯이) 당신은 늘 세상의 거짓말을 간파하는 뛰어난 귀를 가졌다고 말했지요. 지금도 그 잘난 귀를 사용하고 있다고 믿고 있지요.

마틴 당신이 지금 거짓말을 하는 건 아니지만, 당신이 오륙십 살 먹은 쭈글탱이 할망구가 아니라고 생각하기를 강요하고 있다고!

메리 그렇지 않아요, 여보. (진지하게 몸을 앞으로 수그린다.) 둠벙에 비친 내 모습을 보았을 때 내 머리가 곧 회색이나 흰색이 될 거라는 것, 또 부드러운 은발이 얼굴 주위로 흘러내리면 내 얼굴이 참으로 아름다울 것이며, 그래서 내가 할머니가 되면 이 동부지방 일곱 카운티에 나만한 여자가 없을 거라는 걸 알았어요.

마틴 (진정으로 감탄하여) 당신은 영리한 사람이야, 여보. 그건 사실이지.

메리 (신이 나서) 당연하죠. 곱게 늙은 은발의 여성은 참 보기 좋아요. 키티 본이 저 아래서 술을 팔았을 때 젊은 남자들이 그 여자 얼굴 보러 줄기차게 찾아왔다고 들었어요.

마틴 (모자를 벗고 머리를 만지더니 조심스럽게 말한다.) 메리 다울, 당신은 나에게도 그런 은빛이 나타날 것으로 생각해?

메리 (극도로 경멸하며) 당신에게, 하느님 맙소사! . . . 얼마 안 있어 당신 머리는 거름 밭에 뒹구는 시든 무처럼 벗겨질 거예요. 여보, 당신은 잘생긴 외모 타령일랑 아예 하지 마세요. 그런 시절은 영원히 갔어요.

마틴 심한 말을 하는군. 내가 당신처럼 조금 위로 받을 수 있다면 우리는 지난 행복한 시절에 가까워질 수 있고, 그렇게 되면 얼마나 좋을까 하고 생각했어. 하지만 당신은 아름다운 은발의 여인이고 나는 행색이 초라하니 마음이 편치 않아.

메리 여보, 당신의 외모를 어떻게 할 순 없지요. 당신의 쥐 눈, 커다란 귀, 그리고 그 못생긴 턱을 내가 만들진 않았거든요.

마틴 (처량하게 턱을 쓰다듬더니 표정이 밝아진다.) 당신이 영리한 여성이지만

한 가지 잊어버린 게 있어.

메리 당신의 구부러진 발 말인가요? 아님 휘어진 목? 또는 늘 서로 부딪혀서 검게 멍든 두 무릎?

마틴 (유쾌하게 비웃으며) 똑똑한 여자 말하는 것 좀 봐. 말하는 것 좀 보라고.

메리 (그의 목소리가 밝은 데 어리둥절하여) 거짓말을 하려거든 아예 뱉지 마세요.

마틴 (흥분을 주체하지 못하여) 내 말 좀 들어봐, 여보. 나는 이제 턱수염을 기를 거야. 동부지방에선 볼 수 없는 길게 흘러내리는 아름다운 은빛 턱수염. . . . 아, 은빛 턱수염은 노인에겐 잘 어울리지. 부자들이 손을 뻗어 은전이나 금화를 적선하게 만들기에 안성맞춤이지. 당신은 꿈도 못 꾸는 거야. 말씀을 삼가라고.

메리 (유쾌하게 웃으며) 우린 분명히 천생연분이에요. 아마도 우린 행복하게 지낼 거고, 죽기 전까지 즐거운 이야기를 많이 할 거예요.

마틴 전능하신 하느님의 은총으로 오늘부터 행복하게 지낼 거야. 성직자라도 멋진 은빛 턱수염을 기르는 노인의 거짓말은 믿을 거야.

메리 봄에 바다 건너 날아오는 방울새 지저귀는 소리가 들려요. 이제 햇살이 따스해지고 대기가 향기로워질 테지요. 여기서 조용히 편안하게 앉아 움트고 자라는 것들의 향기를 맡으면 기분이 아주 좋을 거예요.

마틴 얼마 전부터 언덕에서 싹트고 있는 가시금작화 향기가 난다. 숨죽이고 있으면 그리아난의 어린 양들 소리가 들릴 거야. 협곡에 불어난 강물 소리에 어린 양들의 울음소리가 거의 잠겨버리긴 하지만.

메리 (귀를 기울인다.) 새끼 양들은 메에 울고, 수탉과 어미 닭들이 1마일

밖 언덕에서 놀고 있다. (깜짝 놀란다.)

마틴 서쪽에서 나는 저 소리가 뭐지? (희미하게 종소리가 들린다.)

메리 교회소리는 아니에요. 바람이 바다에서 불어오고 있거든요.

마틴 (당황하여) 성자님이 종을 치고 계신 게 아닌가 싶어.

메리 주님, 우리를 성자들로부터 지켜주시옵소서. (귀를 기울여 듣는다.) 틀림없이 이리로 오고 있어요.

마틴 (주저하며) 도망가야 할까, 메리?

메리 어디로 도망가지요?

마틴 습지 따라서 작은 오솔길이 있어. . . . 딱총나무가 자라는 저 위의 뚝방에 있으면 백 명의 병사들이 지나가더라도 우리를 보지 못할 거야. 그런데 우리가 눈을 떴던 시절이 있어서 이젠 거기 가는 길을 찾지 못할 것 같아.

메리 (일어서며) 길을 찾을 수 있을 거예요. 겨울이든 여름이든, 길에 눈이 많이 쌓여 있건 풀이 무성하고 나뭇잎이 우거져 있건 당신이 길 찾기 도사라는 건 세상이 다 알아요.

마틴 (그녀의 손을 잡으며) 이리 좀 와봐. 여기서부터 시작이야. (두 사람은 빈터를 더듬는다.) 내가 전에 지나간 후로 빈터에 나무가 한 그루 밀려 들어왔거나 뭔가 달라진 거야.

메리 나뭇가지 아래로 기어가야 할까요?

마틴 어떻게 해야 좋을지 나도 모르겠어. 다시 시력을 얻게 될까봐 두려운데 장님이라 도망가지도 못하다니 비참하구나.

메리 (눈물을 글썽이며) 슬퍼요. 우리가 눈을 뜨게 된다면 우리의 백발이 무슨 의미가 있어요? 매일 머리카락이 빠지고 비를 맞아 더러워지는 걸 보게 될 거예요.

(가까이서 종이 울린다.)

마틴 (절망하여) 이리 오시네. 그분을 피할 수는 없을 거야.

메리 교회 서쪽 끝에 있는 찔레 덤불 모퉁이에 숨어볼까요?

마틴 시도해보자. (잠시 귀를 기울인다.) 서둘러. 그 사람들이 숲을 걸어오는 소리가 들린다. (더듬거리며 교회로 간다.)

메리 이건 젊은 아가씨들이 숲에서 왁자지껄 떠드는 소리예요. (두 사람은 찔레덤불을 찾아낸다.) 내 왼쪽에 찔레덤불이 있어요, 여보. 내가 몸집이 커서 쉽게 눈에 띄니 먼저 들어갈게요.

마틴 (걱정스러운 듯 고개를 돌리며) 당신 말소리가 더 잘 들려. 입 좀 다물어요.

메리 (부분적으로 숲 뒤에서) 이제 제 옆으로 들어오세요. (두 사람은 무릎을 꿇는데, 밖에서 다 보인다.) 저 사람들이 우리를 볼 수 있을까요, 여보?

마틴 못 볼 거야. 하지만 알 수 없지. 젊은 아가씨들이란 무덤 속에 매장된 남자도 끄집어낼 정도로 눈이 매섭단 말이야.

메리 여보, 죄 짓는 말은 속삭이지 마세요. 어쩌면 그 사람들은 하느님의 손가락이 우리를 가리키는 걸 볼지도 몰라요.

마틴 정신 나간 소리를 하는 사람은 바로 당신이야, 메리. 성자님이 악한 자가 장님이 된다고 하는 말 못 들었어?

메리 그렇다면 우리는 성수로 치유할 수 없는 엄청난, 험악한 말을 해야 할 필요가 있어요.

마틴 말을 뱉고 나서 내 스스로 두려움에 떨 정도로 흉측한 말을 어떻게 찾아내지? 그리고 만약 내가 그런 말을 한다 하더라도 그 말이 우리를 그분으로부터 벗어나게 해줄 좋은 말인지 나쁜 말인지 어떻게 알아?

메리 그 사람들이 와요. 돌을 밟는 소리가 들려요.

(성자가 안식일 복장을 한 티미와 몰리 번과 함께 전처럼 다른 사람들을 대동하고 오른쪽에 들어온다.)

티미 신부님, 마틴 다울 씨와 메리 다울 아주머니가 요즘 길에서 보인다고 들었습니다. 저희는 성자님께서 그들을 불쌍히 여기고 다시 고쳐주실 것으로 생각했습니다.

성자 그러지요. 그런데 그 사람들 어디 있나요? 당신들 두 분 결혼식까지 시간이 별로 없습니다.

맷 (두 장님이 앉아있던 자리에서) 그 사람들이 가지고 있던 골풀이 돌 위에 있습니다. 이 근처에 있을 겁니다.

몰리 (놀라서 손가락으로 가리킨다.) 티미 씨, 저기 보세요. (모두 바라보자 마틴 다울이 보인다.)

티미 해가 중천인데 저 안에 누워 있다니, 마틴은 게으름뱅이입니다. (외치면서 다가간다.) 일어나서 나오세요. 마틴 다울 씨, 늦잠을 자다가 중요한 기회를 놓치겠어요. . . . 두 사람이 저 안에 있어요.

마틴 (메리 다울과 함께 일어나며) 티미, 자네가 원하는 게 뭐길래 우리를 그냥 내버려두지 않는 거지?

티미 성자님께서 우리를 결혼시켜 주려고 오셨어요. 그래서 내가 아저씨와 아주머니 이야기를 했지요. 낫게 해달라고요. 아저씨는 어리석은 분이긴 하지만 시력을 회복하고 한동안 먹고 살려고 일을 했었잖아요. 저는 마음이 약해서 아저씨가 다시 장님이 되어 앉아 있는 걸 보니 불쌍한 마음이 들었어요.

(마틴 다울은 메리 다울의 손을 잡고 더듬거리며 오른쪽으로 나가려고 한다. 마틴은 모자를 잃어버렸고, 두 사람 모두 먼지와 풀씨를 뒤집어쓰고 있다.)

사람들 그리 가면 안 돼요. 마틴 다울 씨, 이리 오세요.

(사람들이 두 사람을 무대 중앙의 성자 가까이 밀고 온다. 두 사람은 풀이 죽은 모습으로 서있다.)

성자 두려워하지 말라. 주님은 아주 자비로우시다.

마틴 성자님, 우리는 두렵지 않습니다.

성자 네 분의 성자님의 샘물로 치유된 사람들이 얼마 지나면 다시 시력을 잃는 일이 많았다. 그러나 내가 두 번째로 치유시킨 사람들은 죽을 때까지 시력을 갖게 된다. (깡통 뚜껑을 벗긴다.) 물이 몇 방울 남지 않았다. 하지만 신의 도우심으로 그 정도면 너희 두 사람을 위해 충분하다. 길에 무릎을 꿇어라. (마틴 다울은 메리 다울과 뒤로 돌아 도망가려 한다.)

성자 여기에 무릎을 꿇도록 해라. 이번엔 교회에 들어갈 필요가 없다.

티미 (짜증내며 마틴과 메리를 돌려세운다.) 마틴 다울 아저씨, 정신 나갔어요? 여기에 무릎을 꿇으세요. 성자님이 당신들에게 말씀하시는데 안 들려요?

성자 땅이 말랐으니 그 자리에 무릎을 꿇어라.

마틴 (고통스러워하며) 성자님, 그냥 가시던 길을 가시지요. 저희는 성자님

도움이 필요 없습니다.

성자 나는 그대가 회개와 금식을 해야 한다고 말을 하지 않겠다. 주님께서 이미 너희 눈이 멀게 하여 가르침을 주셨을 것으로 생각된다. 그러니 두려워 말고 무릎을 꿇도록 하라. 다시 눈을 뜨게 해주겠다.

마틴 (더욱 괴로워하며) 성자님, 저희는 시력을 원하지 않습니다. 저희를 이 네거리에 내버려두시고 가던 길 계속 가시면서 금식을 하시든 기도를 하시든 마음대로 하십시오. 저희는 이대로가 행복합니다. 그리고 눈을 뜨고 싶지 않습니다.

성자 (사람들에게) 이 사람 정신이 나간 게 아닌가? 오늘 병을 치유 받고 살면서, 일하고 그리고 세상의 경이들을 보고 싶지 않다니?

마틴 짧은 기간 동안 일생 보아야 할 기적을 충분히 보았습니다.

성자 (매몰차게) 땅과 인간에게 주어진 주님의 형상을 보는 대단한 기쁨을 원하지 않는다는 사람 이야기는 들어본 적이 없다.

마틴 (언성을 높이며) 신부님, 그런 광경이야 아름답죠. . . . 제가 처음 눈을 떴을 때 본 것이 무엇이었죠? 돌에 베여 피가 흐르는 성자님의 발이었습니다. 아마도 그건 하느님의 형상의 대단한 광경이었습니다. . . . 내가 마지막 날 무엇을 보았겠어요? 당신께서 대장장이 스미스와 결혼시키러 오시는 아가씨의 눈에서 나오는 지옥의 사악함이었지요. 그것도 볼만한 광경이었습니다. 북풍이 몰아치면서 하늘에 먹구름이 가득 껴서 말, 당나귀, 그리고 개들이 고개를 숙인 채 눈을 감고 있을 때도 대단했어요.

성자 당신은 여름과 아름다운 봄에 관하여, 그리고 아일랜드의 성자들이 주님의 교회를 지은 장소들에 관해 전혀 듣지 못했단 말인가? 미친 사람이 아니고서야 황홀하게 반짝이는 바다와 지금 만개하여 하늘로 승천하는, 황금 바구니처럼 언덕을 반짝반짝 수놓을 가시금작화를 눈을 감고 보지 않겠다고 말 할 수 없다고 생각한다.

마틴 지금 녹과 벨라보어 얘기를 하시는 건가요? 우리는 그곳들보다 더 아름다운 광경을 보았다고 말씀드리고 싶습니다. 우리는 울타리의 온갖 들꽃과 풀에 잉잉거리는 꿀벌과 새소리를 듣기도 하고, 또는 따뜻한 밤에 피어오르는 달콤한, 아름다운 향기를 맡았으며, 공중을 빠르게 날아다니는 날벌레 소리를 들었습니다. 그러면 우리 마음속에 광활한 하늘과 호수와 큰 강과 밭갈이를 할 아름다운 언덕이 나타납니다.

성자 (사람들에게) 이런 사람에겐 이야기해봐야 아무 소용이 없다.

몰리 저 사람은 게으를 뿐만 아니라 일하기도 싫어합니다. 얼마 전 성자님께서 치유해주시기 전에는 늘 시력을 되찾고 싶다고 말했고 기원하고 동경했습니다.

마틴 (그녀를 향하여) 시력을 되찾기를 갈망했지요. 그런데 우리 마누라 생긴 거 보고, 그리고 몰리 번 아가씨가 한 남자를 가지고 장난치며 눈에 사악한 미소를 띠었을 때 난 이미 볼 거 다 보았다고 생각했어요.

몰리 저 사람 말 듣지 마세요, 성자님. 전에 나에게 험한 말을 했어요. 기혼남성이 해서는 안 될 말이죠. 저 사람 못된 짓 하는 걸로 보아 그냥 장님 상태로 내버려두는 게 옳을 것 같아요.

티미 (성자에게) 조용한 여성 메리 다울 아주머니는 누구에게도 상처를 주지 않았고, 남편이 속을 썩일 때와 젊은 여자들이 놀려서 화가 났을 때를 제외하고 욕설을 해본 적이 없는데 고쳐주시겠어요?

성자 (메리 다울에게) 메리, 그대에게 지각이 있다면 내 발 앞에 무릎을 꿇으라. 너의 눈에 시력을 다시 넣어주겠다.

마틴 안 됩니다, 성자님. 저 사람이 죽는 날까지 날 보며 험한 말을 하게 하고 싶으세요?

성자 (매몰차게) 만약 메리가 시력을 원한다면, 당신이 막을 순 없다. (메리 다울에게) 무릎을 꿇어라.

메리 (반신반의하며) 성자님, 저희는 지금 이대로가 좋아요. 그러면 얼마 안 가 다시 길에서 동전 한 닢씩 받으면서 편하게 사는 행복한 장님들이라고 알려질 거예요.

몰리 메리 다울 아줌마, 바보 같은 소리 좀 하지 마세요. 눈을 뜨게 해주신다 하잖아요. 당장 무릎을 꿇으세요. 아저씨야 여기 길에 앉아서 동전 동냥을 계속 하시라고 하세요.

티미 메리 아줌마, 그 말이 맞아요. 만약 아줌마가 일부러 장님이 되길 원한다면 이곳 사람들 아무도 동전이나 음식을 주지 않고 살아가는 데 필요한 도움도 주지 않을 거예요.

맷 만약 당신이 눈을 뜬다면, 메리 아줌마, 남편을 데리고 다닐 수 있고 옷도 꿰매줄 수 있고, 또 밤낮으로 감시할 수 있어서 어떤 여자도 남편 가까이 올 수가 없을 겁니다.

메리 (반쯤 설득되어) 그렇겠군요.

성자 이제 무릎을 꿇어라. 결혼식을 서둘러 진행하고 날이 어두워지기 전에 갈 길을 가야겠다.

사람들 메리 아줌마, 성자님이 말씀하실 때 무릎을 꿇어요.

메리 (마음이 편치 않은 듯 남편을 바라보며) 사람들 말이 맞을지도 모르죠.

성자님이 원하시면 그렇게 하지요.

(메리가 무릎을 꿇는다. 성자는 모자를 벗어 가까이에 있는 사람에게 준다. 모든 남자들이 모자를 벗는다. 성자는 마틴 다울의 손을 메리에게서 떼어놓으러 간다.)

성자 (마틴 다울에게) 저리 비키시오. 저리 가 있도록 하라.

마틴 (성자를 세게 밀치며 왼손을 메리의 어깨에 얹고 서있다.) 물러서세요, 성자님. 눈 먼 마누라에게서 제가 얻는 편안함을 빼앗지 마세요. . . . 무슨 권리로 당신이 잘 알지도 못하는 결혼한 부부 사이에 끼어들어 성수에다 장황한 기도까지 하신다고 이 난리를 치시는 거죠? 부탁입니다만, 저희를 여기 그냥 길바닥에 놔두고 그만 가세요.

성자 만약 눈 뜬 사람이 나에게 이렇게 말했다면 저주를 퍼부어서 그 무게로 그의 영혼이 지옥에 떨어지게 했을 것이다. 하지만 그대는 불쌍한 눈먼 죄인이라 개의치 않겠다, 하느님이 용서하시기를 빈다. (깡통을 들어 올린다.) 비켜라. 그대 아내에게 축복을 해야겠다. 만약 말을 듣지 않으면 사람들이 강제로 그렇게 하도록 만들 것이다.

마틴 (메리 다울을 잡아당기며) 갑시다. 저 양반 상관하지 말고.

성자 (사람들에게 명령조로) 저 사람 가라고 하세요. (남자 몇이 마틴 다울을 붙잡는다.)

마틴 (몸부림치며 소리를 지른다.) 나를 놓아주라고 하세요, 성자님. 나를 놓아주라고 하세요. 그럼 제 마누라를 치료하든 말든 상관하지 않을게요.

성자 (사람들에게) 그냥 놔주시오. 제정신인 것 같으면 그냥 놔주시오.

마틴 (몸을 털고 메리를 찾으며 목소리를 그럴듯한 애원조로 낮추어) 말리지 않을 테니 제 마누라를 치료해주셔도 좋습니다. 성자님 얼굴을 보면 아내가 뛸 듯이 기뻐할 테죠. 그런데 저도 함께 치료해주세요. 그래야 마누라가 거짓말하면서 밤낮으로 성자님들만 쳐다보는 걸 감시할 수 있겠죠.

(메리 약간 앞에 무릎을 꿇는다.)

성자 (절반은 사람들을 향하여) 오랜 세월 눈이 멀고 머릿속에서 이상한 생각을 하는 사람들은 우리처럼 매일 일하고 기도하는 단순한 사람들 같지 않습니다. 그래서 만약 그 사람이 마지막 순간에라도 올바른 마음을 먹는다면 나는 주님의 뜻에 따라 오늘 우리에게 했던 어리석은 못된 말들을 다 잊어버리고 고쳐줄 것입니다.

마틴 (열심히 들으며) 기다리고 있습니다, 성자님.

성자 (깡통을 들고 마틴에게 가까이 가서) 네 분의 성자의 무덤에서 가져온 성수의 권능으로, 내가 그대의 눈에 바르는 이 물의 권능으로—(깡통을 들어 올린다.)

마틴 (갑작스러운 동작으로 성자의 손에 들린 깡통을 쳐서 무대 저편으로 날아가게 한다. 마틴이 일어나자 사람들이 큰소리로 웅성거린다.) 내가 비록 죄 많은 장님이긴 하지만 귀는 아주 예민한 편이죠. 깡통의 물이 쏟아지는 소리를 들었으니 다행입니다. 떠나주세요. 당신은 훌륭한 성자이지만, 장님에게도 지각과 힘이 있습니다. 금식하는 거룩한 생활은 당신에게 큰 머리와 앙상한 팔을 남겨주었군요. 이제 지친 발과 후들거리는 무릎으로 계속 길을 가십시오.

사람들 여기서 떠나세요. (성자는 잠시 그를 험악하게 노려본 다음 돌아서서 깡통을 집어 든다.)

마틴 우리는 떠나겠습니다. 만약 여러분 중 어떤 사람은 대장장이 스미스처럼 땀 흘려 일해야 한다고 생각하고, 또 어떤 사람은 성자님처럼 금식하고 기도하고 성스러운 이야기만을 하는 것이 옳다고 생각하시겠죠. 나는 우리 영혼을 칙칙한 나날의 풍경으로, 그리고 성자와 더러운 발로 괴롭히는 대신 눈을 감고 앉아 햇볕을 쪼이며 산들바람이 봄 나뭇잎을 흔드는 소리를 들을 권리가 있다고 생각합니다.

(마틴은 메리와 함께 자기 돌을 찾는다.)

맷 저런 사람이 그리아난 마을에서 우리 근처에 살고 있다는 건 불행하고 위험한 일이라고 생각됩니다. 저 사람으로 인해 하늘에서 우리에게 저주가 내리지 않을까요?

성자 (속옷 허리띠를 묶으며) 하느님은 저런 사람들에게 큰 자비심과 함께 큰 분노도 가지고 계십니다.

사람들 떠나세요, 마틴 다울 씨. 여기서 떠나세요. 당신으로 인해 우리에게 큰 폭풍이나 가뭄이 오면 안 됩니다. (몇 사람이 그들에게 뭔가를 던진다.)

마틴 (결연히 돌아서서 돌을 집어 든다.) 시끄러운 인간들아, 물러가라. 내 돌에 맞아 머리에서 피를 흘리기 전에. 물러가라. 그리고 두려워 마라. 우리는 남쪽 마을로 갈 것이다. 거기 사람들은 부드러운 목소리를 가지고 있을 것이고, 우리가 그 사람들의 못생긴 외모나 나쁜 마음씨도 모를 것이다. (다시 메리의 손을 잡는다.) 갑시다. 남쪽으로 걸어갑시다. 우리는 이곳 사람들을 너무 잘 알아요. 그 사람들 가까이서 새벽부터 밤까지 그들이 하는 거짓말을 듣는 것은 별로 즐겁지 않을 거예요.

메리 (풀이 죽어) 맞아요. 가야 해요. 북풍을 등에 받으며 한쪽에 습지가 있고 반대쪽에도 습지가 있는 자갈길을 걸어 멀리 간다 하더라도 우리는 가야만 해요.

티미 물이 넘치는 깊은 강이 있어 남쪽으로 가면서 징검다리들을 뛰어 건너야 할 겁니다. 내 생각에 저 두 사람 머지않아 물에 빠져 죽고 말 겁니다.

성자 자기들 스스로 결정한 운명입니다. 주님께서 그들에게 자비를 베풀기를 기원합니다. (방울을 울린다.) 자, 두 사람은 교회 안으로 들어갑시다, 몰리 번 양과 대장장이 스미스 씨. 두 사람, 혼인식을 올리고 축복해 드리겠습니다.

(돌아서서 교회로 간다. 행렬이 만들어져 교회로 들어가면서 막이 내려온다.)

바다로 가는 사람들

Riders to the Sea

- 단막극 -

1904년 2월 25일 더블린의 모울즈워스 홀에서 초연됨.

등장인물

모리야 여자 노인

바틀리 모리야의 아들

캐슬린 모리야의 딸

노라 캐슬린의 여동생

남자들과 여자들

장면 아일랜드 서해의 섬[1]

오두막집 부엌. 그물, 방수복, 물레, 벽에 기대 놓은 새 판자들 등이 있다. 스무 살 가량의 처녀 캐슬린이 빵 반죽을 마치고 불 옆의 냄비오븐에 넣는다. 그 다음 손을 닦고 물레를 잣기 시작한다. 어린 소녀 노라가 문으로 머리를 들이민다.

노라 (낮은 목소리로) 엄마 어디 계셔?

캐슬린 누워계셔. 주무시고 계실지도 모르지.

(노라가 조심스럽게 들어와 숄 밑에서 보따리를 꺼낸다.)

캐슬린 (물레를 빠르게 돌리며) 그게 뭐니?

노라 신부님이 가져오셨어. 도네갈[2]에서 익사한 남자에게서 벗긴 셔츠와

1) 이 극의 배경은 싱이 실제로 여행한 애런 제도 중 가운데 섬인 이니시만 섬으로 추정한다.

2) 아일랜드 가장 북서쪽의 해안 타운.

양말이래.

(캐슬린은 갑자기 물레를 멈추고 밖을 향해 귀를 기울인다.)

노라 이게 마이클의 것인지 알아내야 해. 곧 어머니가 직접 보러 바닷가에 가실 거야.

캐슬린 그게 마이클 것일 리 없어, 노라. 마이클이 어떻게 그렇게 멀리 북쪽으로 갈 수 있다는 거지?

노라 신부님이 그런 경우를 봤다고 하셨어. 신부님은 이렇게 말씀하셨어. "그게 만약 마이클의 것이라면 어머니께 신의 은총으로 마이클의 장례가 정갈하게 치러졌다고 말씀드리세요. 만약 마이클 것이 아니라면 아무 말도 하지 마세요. 어머니가 충격으로 대성통곡 하실 겁니다."

(노라가 대충 닫은 문이 강풍 때문에 열린다.)

캐슬린 (불안한 듯 밖을 내다본다.) 오늘 신부님께 바틀리가 말들을 끌고 골웨이[3] 시장에 가는 걸 말려달라고 부탁드렸니?

노라 신부님이 이렇게 말씀하셨어. "말릴 생각은 없습니다. 하지만 걱정하지 마세요. 어머님께서 거의 철야기도를 하고 계시고, 전능하신 신께서도 어머님이 아들 하나 없이 살게 하진 않으실 겁니다."

캐슬린 흰 바위들 앞 바다가 파도가 거칠었니, 노라?

노라 보통이야. 서쪽은 파도소리가 아주 요란했어. 조류가 맞바람을 받으면 더 거칠어질 거야.

---

3) 애런 제도에서부터 본토의 가까운 시장 타운.

(보퉁이를 가지고 식탁으로 간다.) 지금 풀어볼까?

캐슬린 어쩌면 우리가 치우기 전에 어머니가 깨서 들어오실지도 몰라. (식탁으로 온다.) 우리 둘이 울다 보면 정신이 없어진다고.

노라 (안방 문으로 가서 엿듣는다.) 침대 위에서 뒤척이고 계셔. 곧 나오실 거야.

캐슬린 사다리를 가져와. 엄마가 절대 모르도록 보따리를 토탄[4] 다락에 얹어놓게. 조류가 바뀌면 엄마는 시신이 동쪽에서 떠내려오는지 보러 가실 거야.

(둘이서 사다리를 굴뚝 모퉁이에 기대놓는다. 캐슬린은 몇 발짝 가서 토탄 다락에 보퉁이를 감춘다. 모리야가 내실에서 나온다.)

모리야 (캐슬린을 보고 불만스러운 듯 말한다.) 오늘 낮과 저녁까지는 토탄이 충분히 있지 않니?

캐슬린 불에 빵을 굽고 있어요. (토탄을 꺼내며) 바틀리가 곤네마라에 갔을 때 물살이 거칠어지면 배가 고플 거예요.

(노라가 토탄을 집어서 냄비오븐 주위에 놓는다.)

모리야 (불 앞의 의자에 앉으며) 오늘은 남서풍이 부니 안 가는 게 좋아. 오늘은 안 가는 게 좋아. 분명히 신부님이 말리실 거야.

노라 엄마, 신부님이 말리시지 않을 거예요. 이먼 사이먼, 스티븐 피티와 콜럼 션이 바틀리는 갈 거라고 하던걸요.

모리야 바틀리 어디 있니?

---

4) 식물과 유기물이 퇴적된 습지 등에서 채취하여 땔감으로 사용하는 석탄 대용물.

노라 이번 주에 운행하는 배가 또 있는지 알아보러 갔어요. 곧 올 거예요. 조류가 초록머리 절벽에서 거칠어지고 있어 동쪽에서 온 배가 방향을 돌리고 있거든요.

캐슬린 누군가 큰 바위를 지나가고 있다.

노라 (밖을 내다보며) 바틀리가 오는데요. 급해 보여요.

바틀리 (들어와서 실내를 둘러보며 슬프고 조용하게 말한다.) 새 밧줄이 어디에 있지, 캐슬린? 콘네마라에서 사온 거 말이야.

캐슬린 (내려오며) 그거 바틀리에게 줘, 노라. 흰 판자들 옆에 걸려있어. 깜장 발 돼지가 그걸 씹고 있었어.

노라 (그에게 밧줄을 주며) 이거 맞아?

모리야 바틀리, 판자들 옆에 걸려 있는 밧줄엔 손대지 않는 게 좋다. (바틀리가 밧줄을 집어 든다.) 내일이나 모레 아침, 아니면 이번 주 어느 아침에라도 마이클이 밀려오면 여기서 밧줄이 필요할 거다. 신의 은총으로 우리는 마이클에게 깊은 무덤을 만들어줄 것이다.

바틀리 (밧줄로 뭔가 하기 시작한다.) 고삐가 있어야 말을 타죠. 지금 당장 가야 해요. 이 배를 타지 않으면 2주일 안팎으론 배가 없어요. 이번 장이 말을 팔기엔 좋은 장이래요.

모리야 시신이 떠내려왔는데 관을 짤 사람이 없으면 모두들 투덜거릴 거야. 나는 돈을 많이 주고 콘네마라에서 제일 좋은 흰 판자들을 사왔는데 말이다.

(모리야가 고개를 돌려 판자들을 둘러본다.)

바틀리 시신이 어떻게 떠내려온다는 거죠? 우린 얼마 전부터 남서풍이 부는

데 9일이나 지켜보았잖아요.

모리아 시신은 발견되지 않았지만 그건 바람이 바다를 거칠게 만들기 때문이야. 밤에 달이 뜨면 맞은편에 별이 하나 뜬다. 말이 백 마리, 천 마리가 있다 한들, 그 천 마리 말의 가치가 하나밖에 없는 아들과 비교될 수 있단 말이냐?

바틀리 (고삐를 만들면서 캐슬린에게) 매일 가서 양들이 호밀밭에 들어가는지 보도록 해. 중간상이 와서 값을 잘 쳐준다고 하면 깜장 발 돼지를 팔아버려.

모리아 그런 돼지를 어떻게 좋은 값을 받을 수 있다는 거지?

바틀리 (캐슬린에게) 그믐에 서풍이 잠잠해지면 노라와 함께 소다석회를 한 무더기 만들 해초를 따오도록 해.[5] 이제 집안에 일할 남자가 한 사람밖에 없으니 힘들어지겠어.

모리아 네가 다른 사람들처럼 익사하는 날 우리 집안은 망하는 것이다. 나랑 네 누이동생들은 어떻게 살아갈까? 나는 무덤을 찾고 있는 늙은 여인이다.

(바틀리는 고삐를 내려놓은 다음 낡은 코트를 벗고 같은 플란넬 천의 새 코트를 입는다.)

바틀리 (노라에게) 배가 부두로 오고 있니?

노라 (내다 보며) 초록머리 절벽을 지나면서 돛을 내리고 있어.

바틀리 (담배와 지갑을 챙긴다.) 30분 안에 가야 해. 그리고 이틀이나 사흘, 혹시 바람이 나쁘면 아마도 나흘이면 돌아올 거야.

---

5) 애런 제도의 토양이 좋지 않아 해초를 말려 비료로 사용하였다고 함.

모리야 (불을 향해 돌아서 숄을 머리에 쓰며) 바다에 가지 말라고 붙잡는 노인의 말을 한 마디도 들으려 하지 않으니 모질고 잔인한 사람 아닌가?

캐슬린 바다에 나가는 것은 젊은 청년의 삶인데 한 가지 말만 반복하는 노인의 말을 누가 듣겠어요?

바틀리 (고삐를 집으며) 빨리 가야 해요. 나는 빨간 말을 타고 가고 회색 조랑말이 뒤를 따라올 겁니다. . . . 신의 축복을 빌어요.

(바틀리가 나간다.)

모리야 (그가 문에 있을 때 울음을 터뜨리며) 그 아이가 가버렸다. 하느님 긍휼히 여기소서. 우리는 다시 저 아이를 보지 못할 것이다. 그 아이가 가버렸다. 칠흑의 밤이 내려올 때 이 세상엔 나에게 아들은 하나도 남아있지 않을 것이다.

캐슬린 왜 바틀리를 축복하지 않았어요, 문에서 돌아보았을 때? 그렇지 않아도 이 집안 모든 사람이 슬픔을 느끼고 있는데 엄마가 바틀리 면전에서는 모진 말을 하고 등 뒤에서 재수 없는 말을 해서 보내야 했나요?

(모리야는 부지깽이를 들고 주위를 돌아보지 않고 하염없이 불을 쑤석거린다.)

노라 (그녀를 향해 돌아서며) 빵을 굽고 있는데 토탄을 빼버리면 어떡해요!

캐슬린 (소리친다.) 주여, 우리를 용서하소서. 노라, 바틀리에게 빵 싸주는 걸 깜빡 잊어버렸다.

(캐슬린이 불가로 온다.)

노라 밤까지 지내려면 배고파 죽을 텐데. 바틀리는 아침부터 아무것도 먹지 않았어.

캐슬린 (빵을 오븐에서 꺼내며) 분명히 배가 고파 죽을 테지. 노인네가 끝없이 잔소리를 해대니 누군들 정신을 제대로 차릴 수가 있나.

(모리야는 의자에 앉아 몸을 앞뒤로 흔든다.)

캐슬린 (빵을 일부 썰어서 천에 싼다. 모리아에게) 엄마가 우물가로 가서 바틀리가 지나갈 때 이걸 주세요. 바틀리를 만나 "신이 널 축복하시길 빈다"라고 하시면 바틀리의 마음이 편해지고 불길한 말의 마법이 깨질 거예요.

모리야 (빵을 들고) 거기에 제때 도착할 수 있을까?

캐슬린 지금 당장 가세요.

모리야 (불안정하게 일어서며) 걸을 힘이 없어.

캐슬린 (어머니를 불안하게 바라본다.) 노라, 지팡이를 드려. 큰 바위들 지나실 때 미끄러지실라.

노라 어떤 지팡이?

캐슬린 마이클이 콘네마라에서 가져온 지팡이 말이야.

모리야 (노라가 주는 지팡이를 받으며) 큰 도시에서는 부모가 아들, 딸들에게 무언가 남겨준다던데, 여기서는 젊은이들이 나이든 사람들에게 무언가를 남겨준다.

(모리야가 천천히 나간다. 노라가 사다리로 간다.)

캐슬린 잠깐만, 노라. 엄마가 금방 돌아오실지도 몰라. 엄마는 정신이 너무나 산란해서 어떻게 해야 할지 모르시겠지.

노라 엄마가 숲을 돌아갔어?

캐슬린 (내다보며) 이제 갔어. 그거 얼른 꺼내봐. 엄마가 언제 다시 나타나실지 몰라.

노라 (토탄 다락에서 보퉁이를 꺼낸다.) 신부님은 내일 지나가신다고 했어. 만약 이게 틀림없이 마이클 것이라면 내일 가서 목사님에게 얘기하면 되지.

캐슬린 (보퉁이를 받으며) 옷들이 어떻게 발견됐는지 목사님이 말씀하셨니?

노라 (내려오며) "새벽닭이 울기 전에 남자 둘이 밀조 위스키를 싣고 노를 젓고 있었는데, 북쪽 검정절벽을 지날 즈음 시체 하나가 노에 걸렸다."고 하셨어.

캐슬린 (보퉁이를 풀려고 하며) 노라, 칼을 줘. 소금물 때문에 줄이 띡이 돼버렸어. 이 검정 매듭은 일주일이 걸려도 풀지 못할 거야.

노라 (칼을 주면서) 도네갈까지는 멀다고 들었어.

캐슬린 (줄을 자르며) 그래 맞아. 얼마 전에 한 남자가 왔었지. 우리에게 이 칼을 팔았어. 그 사람은 저 너머 바위에서 걸어 일주일이면 도네갈에 도착할 거라고 말했어.

노라 사람이 떠내려오는 데는 얼마나 걸릴까?

(캐슬린이 보퉁이를 열고 양말 한쪽을 꺼낸다. 두 사람은 물건들을 뚫어지게 쳐다본다.)

캐슬린 (낮은 목소리로) 노라! 이것들이 정말 마이클의 것인지 어떻게 알지?

노라 옷걸이에서 마이클의 셔츠를 가져올 테니 그것과 이 플란넬 셔츠를 대어 보자고. (구석에 걸린 옷들을 뒤져본다.) 언니, 이 속에는 없는데 어디에 있을까?

캐슬린 바틀리가 아침에 그걸 입는 것 같았어. 자기 셔츠가 소금에 절어 무거웠던 거지. (구석을 가리키며) 저기에 똑같은 천으로 만든 소매가 있다. 그거면 될 거 같아.

(노라가 그 옷을 캐슬린에게 주고 두 사람은 두 옷가지를 비교한다.)

캐슬린 똑같은 천이야, 노라. 하지만 그렇다 하더라도 골웨이의 상점엔 이런 천이 아주 많을 것이고, 마이클 외에도 많은 사람이 이걸로 만든 셔츠를 가지고 있지 않을까?

노라 (양말을 집어 들고 바늘땀을 세어보고 외친다.) 마이클 거야, 언니, 마이클 거야. 하느님 마이클의 영혼을 구원하소서. 바틀리는 바다에 있는데, 엄마가 이 이야기를 들으면 뭐라고 하실까?

캐슬린 (양말을 집으며) 평범한 양말이야.

노라 내가 뜬 세 켤레 중의 두 번째 것이야. 나는 60개의 땀을 넣고 네 개를 줄였어.

캐슬린 (땀을 센다.) 숫자가 맞아. (외친다.) 노라, 바틀리가 북쪽 그 멀리까지 떠내려갔는데 바다 위를 날아다니는 가마우지들만 바틀리의 죽음을 애도했다고 생각하니 슬프지 않아?

노라 (돌아서서 옷들을 향해 팔을 뻗으며) 배를 잘 타는 훌륭한 어부가 남긴 게 고작 낡은 셔츠와 평범한 양말뿐이라는 건 슬픈 일 아닌가?

캐슬린 (잠시 후) 노라, 엄마가 오고 계시니? 길에서 소리가 약간 들린다.

노라 (내다보며) 맞아, 언니. 문 가까이에 오셨어.

캐슬린 들어오시기 전에 이것들을 치워라. 아마 바틀리에게 축복을 하고 마음이 편안하실 거야. 바틀리가 바다에 나간 동안 무슨 소식을 듣더라도 발설하면 안 돼.

노라 (캐슬린이 보퉁이를 다시 묶는 것을 도우며) 이것을 여기 구석에 놓자.

(보퉁이를 굴뚝 모퉁이의 구멍에 넣는다. 캐슬린은 물레로 돌아간다.)

노라 내가 울고 있었다는 걸 엄마가 눈치 채실까?

캐슬린 얼굴에 빛이 비추지 않도록 문을 등지고 있도록 해.

(노라는 문을 등지고 굴뚝 모퉁이에 앉는다. 모리야는 딸들을 쳐다보지도 않고 아주 천천히 들어와 난로 맞은편의 자기 의자에 앉는다. 빵을 싼 천을 아직도 가지고 있다. 딸들은 서로 쳐다본다. 노라가 빵을 싼 천을 가리킨다.)

캐슬린 (잠시 물레질을 한 후) 바틀리에게 빵을 주지 못했어요?

(모리야는 돌아보지도 않고 부드럽게 곡을 하기 시작한다.)

캐슬린 바틀리가 말을 타고 가는 걸 봤어요?

(모리야는 계속 곡을 한다.)

캐슬린 (약간 조급하게) 이미 지난 걸 가지고 울지만 말고 무얼 봤는지 큰소리로 말하는 게 좋지 않겠어요? 바틀리를 봤느냐고 묻잖아요?

모리야 (약한 목소리로) 오늘 나의 가슴은 무너졌다.

캐슬린 (전과 같이) 바틀리를 봤어요?

모리야 난 가장 무시무시한 걸 봤다.

캐슬린 (물레를 떠나 밖을 내다본다.) 신이여, 엄마를 용서하소서. 바틀리가 지금 회색 조랑말을 끌고 초록머리 절벽 위로 암말을 타고 가고 있네요.

모리야 (놀란다. 머리의 숄이 떨어져 헝클어진 백발이 드러난다. 놀란 목소리로) 회색 말을 끌고.

캐슬린 (난로에 오며) 도대체 뭣 때문에 그러세요?

모리야 (매우 천천히 이야기하며) 브라이드 다라가 죽은 남자가 아기를 안고 있는 것을 본 날 이후로 어느 누가 본 것보다 더 무시무시한 것을 보았다.

캐슬린과 노라 오!

(두 사람은 불가의 어머니 앞에 쪼그려 앉는다.)

노라 엄마가 본 것을 말해보세요.

모리야 나는 우물에 가서 기도하며 서있었다. 그러자 바틀리가 왔다. 바틀리는 빨간 암말을 타고 회색 조랑말을 끌고 가고 있었어. (무언가를 눈에 보이지 않게 하려는 듯 양손을 들어 올린다.) 주여 우리를 구원하소서.

캐슬린 무얼 보았는데요?

모리야 마이클을 보았다.

캐슬린 (부드럽게 이야기하며) 그럴 리가요, 엄마. 아닐 거예요. 마이클의 시신이 멀리 북쪽에서 발견되었고, 신의 은총으로 정갈하게 매장되었어요.

모리야 (약간 항변하며) 나는 오늘 마이클을 보았어. 말을 타고 뛰어가고 있었어. 바틀리가 먼저 빨간 암말을 타고 왔다. 나는 "신이 너를 축복하시기를!"이라고 말하려고 했는데 뭔지 모르게 목이 막혀 말이 나오지 않았어. 마이클은 빠르게 지나가면서 "신의 축복이 어머니에게 있으시기를"이라고 말했어. 나는 아무 말도 할 수 없었다. 그러고 나서

올려다보았지. 나는 회색 조랑말을 보고 울음을 터뜨렸다. 말 위에는 좋은 옷을 입고 새 신발을 신은 마이클이 있었다.

캐슬린 (곡을 하기 시작한다.) 어쩌면 좋아! 어쩌면 좋아!

노라 신부님은 전능하신 신이 엄마에게 아들이 하나도 없게 하지는 않으실 거라고 말씀하시지 않았나요?

모리야 (낮은, 그러나 명확한 목소리로) 그런 분들은 바다를 잘 모른다. . . . 이제 바틀리가 실종될 것이다. 이몬을 불러서 저 하얀 판자들로 좋은 관을 짜달라고 해라. 아들들이 모두 죽고는 나는 못산다. 나에겐 남편과 시아버지와 여섯 아들, 여섯 명의 청년이 있었다. 그 아이들이 세상에 나올 때 하나 같이 힘든 출산이었다. 남자들 중 몇은 찾았고, 또 몇은 찾지 못했다. 이제는 다 갔다. . . . 스티븐과 션은 강풍에 실종되어 그레고리 해협[6]에서 발견되었고, 둘 다 판자에 실려 저 문으로 들어왔다.

(모리야가 잠시 멈추자 딸들이 반쯤 열린 문으로 무슨 소리를 들었는지 깜짝 놀란다.)

노라 (속삭이는 소리로) 언니, 들었어? 북동쪽에서 나는 소리 들었어?

캐슬린 (속삭이는 소리로) 누군가가 바닷가에서 외치고 있어.

모리야 (아무 소리도 듣지 못하고 계속 말한다.) 시머스와 아버지, 그리고 할아버지는 캄캄한 밤에 실종되었고 날이 밝았을 때 막대기나 표시 등 아무 흔적도 없었다. 패치는 배가 뒤집혀 익사했다. 나는 집에서 갓난 아기 바틀리를 무릎에 안고 앉아 있었는데, 여자들 두 명, 세 명, 네

---

6) 애런 제도의 두 큰 섬 사이의 해협.

명 조용히 들어와 성호를 그었다. 밖을 내다보니 그 뒤로 남자들이 붉은 돛 절반에 무언가를 싸 들고 따라 들어왔다. 맑은 날이었는데 돛에서 물이 뚝뚝 떨어져 문까지 자국이 남았다.

(모리야는 손을 문 쪽으로 뻗은 채 다시 멈춘다. 문이 조용히 열리고 나이 든 여성들이 문지방에 성호를 그으며 들어와 무대 앞에 무릎을 꿇는다.)

모리야 (절반은 꿈속에서 캐슬린에게) 패치야, 아니면 마이클이야? 도대체 누구야?

캐슬린 마이클은 멀리 북쪽에서 발견되었어요. 거기서 발견됐는데 어떻게 여기 있을 수 있죠?

모리야 많은 젊은 청년들이 바다를 떠다니고 있다. 사람들이 그게 마이클인지 아니면 마이클과 비슷한 다른 사람인지 어떻게 알 수 있다는 건가. 시신이 바람이 부는 바닷속에 9일간 있게 되면 그의 어머니도 자기 아들인지 알아보기 어려울 것이다.

캐슬린 그건 마이클이 맞아요. 북쪽에서 옷가지 일부를 보내왔어요.

(캐슬린은 손을 뻗어 모리야에게 마이클의 옷가지를 준다. 모리야는 천천히 일어서서 손으로 받는다. 노라는 밖을 본다.)

노라 사람들이 뭔가를 함께 운반하고 있어요. 거기에서 물이 떨어져 큰 바위들 옆에 자국을 남기고 있어요.

캐슬린 (들어온 여인들에게 속삭이는 소리로) 저게 바틀리인가요?

여인 중 한 사람 맞아요. 하느님, 그의 영혼을 쉬게 하소서.

(젊은 여인 두 명이 들어와 테이블을 잡아 뺀다. 남자들이 돛으로 덮인 채

판자 위에 눕혀진 바틀리의 시신을 들고 들어와 테이블 위에 놓는다.)

캐슬린 (그러는 도중 여인들에게) 어떻게 익사했나요?

여인 중 한 사람 회색 조랑말이 그 사람을 걷어차 바다에 빠뜨렸어요. 그의 시신이 파도가 세찬 흰 바위 쪽으로 밀려 왔어요.

(모리야는 걸어가 테이블 머리에 무릎을 꿇는다. 여인들은 조용히 곡을 하면서 느린 동작으로 몸을 흔든다. 캐슬린과 노라는 반대편에 무릎을 꿇는다. 남자들은 문 가까이에 무릎을 꿇는다.)

모리야 (머리를 들어 올리고 주위 사람들이 안 보이는 것처럼 말한다.) 이제 모두 갔으니 바다가 더 이상 나에게 할 수 있는 건 없다. . . . 이제 남풍이 불어 동쪽에서 파도가 치고, 또 서쪽에서 파도가 치고, 양쪽의 파도가 서로 부딪쳐 천지가 소란할 때에도 나는 잠 못 자고 울면서 기도할 필요가 없다. 이제 사우인 축제[7]가 끝난 후 깊은 밤에 성수를 가지러 갈 필요가 없다. 다른 여인들이 곡을 할 때도 바다의 상태가 어떻든지 신경 쓰지 않을 것이다. (노라에게) 노라, 성수를 다오. 옷장 위에 아직 약간 남아 있다.

(노라가 그것을 어머니에게 준다.)

모리야 (마이클의 옷을 바틀리의 발에 가로질러 놓고 그 위에 성수를 뿌린다.) 바틀리, 나는 전능하신 하느님께 너를 위해 기도를 드렸다. 내가 뭐라고 하는지 네가 궁금하게 생각할 정도로 어두운 밤에 기도를 드렸다. 하

---

7) 추수의 끝과 가을의 시작을 알리는 게일 축제.

지만 이제 나는 제대로 휴식을 취할 것이다. 그럴 때가 됐다. 제대로 휴식을 취할 것이다. 그리고 사우인 축제가 끝나고 나면 젖은 밀가루 조금과 상한 물고기를 먹는다 하더라도 나는 잠을 푹 잘 것이다.

(무릎을 꿇더니 성호를 긋고 소리 없이 기도를 한다.)

캐슬린 (한 노인에게) 해가 뜨면 이몬과 함께 관을 만들어주세요. 어머니가 마이클이 발견될 거라고 생각하고 깨끗한 흰 판자를 사오셨어요. 일하시는 동안 새 빵을 대접하겠습니다.

노인 (판자를 보며) 못도 있나요?

캐슬린 없어요, 콜럼 씨. 못 생각은 못했어요.

다른 남자 어머니가 못을 생각하지 못했다니 놀랍군요. 관 짜는 걸 많이 보셨을 텐데.

캐슬린 이제 나이가 드시는 거예요. 게다가 상심하셔서.

(모리야가 매우 천천히 일어나 마이클의 옷가지를 시신 옆에 펼쳐놓고 마지막 남은 성수를 뿌린다.)

노라 (캐슬린에게 속삭이며) 이제 엄마가 조용하고 마음이 편안해졌어. 하지만 마이클이 익사한 날에는 울부짖는 소리가 우물까지 들렸어. 엄마는 마이클을 다른 아들보다 더 사랑했는데, 그걸 누가 알 수 있었겠어?

캐슬린 (천천히 그리고 또렷하게) 노인들은 조금만 활동을 해도 금세 피로해지는데, 엄마는 9일 동안이나 울고, 또 곡을 하면서 온 집안을 슬픔의 도가니로 만들었어.

모리야 (빈 컵을 테이블에 거꾸로 엎어놓고 두 손을 바틀리의 발에 얹어놓는다.) 이제 모두들 함께 있을 것이다. 그리고 다 끝났다. 바틀리의 영혼에, 마이클의 영혼에, 시머스와 패치와 션의 영혼에 전능하신 신의 자비가 내리소서. 그리고 나와 노라의 영혼에, 이 세상에서 남은 모든 사람의 영혼에도 내리소서.

(모리야가 잠시 멈춘다. 여인들의 곡소리가 조금 더 커지더니 잦아든다.)

모리야 (계속한다.) 전능하신 신의 은총으로 마이클은 먼 북쪽에서 정갈하게 매장이 되었다. 바틀리는 흰 판자로 만든 좋은 관과 깊은 무덤을 갖게 될 것이다. 그 이상 더 무엇을 바라겠는가? 어느 누구도 영원히 살 수는 없다. 받아들여야 한다.

(모리야는 다시 무릎을 꿇고 막이 서서히 내려온다.)

협곡의 그늘에서

In the Shadow of the Glen

- 단막극 -

1903년 10월 8일 더블린의 모울즈워스 홀에서 초연됨.

등장인물

댄 버크 농부 겸 목동
노라 버크 그의 부인
마이클 다라 젊은 목동
나그네

장면 위클로우 카운티의 긴 협곡 입구에 위치한 마지막 오두막집

오두막집 부엌. 우측에 토탄 벽난로가 있다. 벽난로 가까운 벽 쪽 침대 위에 시신이 침대보에 덮여 있다. 반대쪽에 문이 있고, 근처에 낮은 탁자와 의자, 또는 나무 의자가 있다. 마치 경야[1] 때처럼 탁자 위에 유리잔 두 개와 위스키 병, 컵 두 개, 찻주전자, 집에서 만든 빵 등이 있다. 침대 가까이에 또 하나의 작은 문이 있다. 노라 버크는 왔다 갔다 하면서 이것저것을 정리하고 탁자에 촛불을 켜며 가끔씩 불편한 시선으로 침대를 쳐다본다. 누군가 조용히 문을 두드린다. 그녀는 탁자에서 돈이 든 양말을 집어 주머니에 넣는다. 그 다음 문을 연다.

나그네 (밖에서) 안녕하세요, 주인아주머니.

노라 안녕하세요, 손님. 비가 오는데 이 밤중에 외출 중이시군요.

나그네 네, 오그림 시장에서 브리타스까지[2] 걸어가는 중입니다.

---

1) 죽은 사람을 장사를 지내기 전에 가까운 친척과 친구들이 죽은 사람의 관 옆에서 밤을 새우는 일.

노라 걸어가신다고요?

나그네 두 발로 걷죠, 주인아주머니. 그리고 저 아래서 빛을 보고 여기에 혹시 신선한 우유 한 모금과 잠잘만한 조용하고 깨끗한 자리가 있을까 하고 생각했어요. (그녀의 너머를 보다가 죽은 사람을 본다.) 주여 저희에게 자비를 베푸소서!

노라 괜찮아요, 손님. 들어와서 비를 피하세요.

나그네 (천천히 들어와서 침대 쪽으로 가며) 돌아가셨나요?

노라 네, 손님. 저를 두고 돌아가셨어요, 하느님 그이를 용서하소서. 저는 언덕 너머의 양 100마리와 함께 남겨졌고, 월동용 토탄도 들여놓지 않았어요.

나그네 (죽은 사람을 자세히 바라보며) 죽은 사람치고는 표정이 이상하군요.

노라 (반농담조로) 그이는 항상 이상했어요, 손님. 살았을 때 이상한 사람들은 죽어서도 시체가 이상한가 봐요.

나그네 시신을 화장도 하지 않고 단장도 하지 않은 채 저렇게 눕혀놓으니 정말 이상하지 않아요?

노라 (침대로 가며) 전 무서웠어요. 왜냐하면 오늘 아침 남편이 자기가 갑자기 죽었을 때 언덕 너머 10마일 떨어진 큰 협곡에 사는 자기 누이가 아닌 나 혹은 다른 사람이 그의 몸을 만지면 저주를 받는다고 말했거든요.

나그네 (그녀를 바라보며 천천히 고개를 끄덕이며) 침대에서 조용히 죽어가면서 남편이 아내가 몸을 만지지 못하게 하다니 별일이로군요.

노라 남편은 노인인데다 괴짜였어요. 늘 언덕 위에 올라가 캄캄한 안개 속

---

2) 아일랜드 동부 위클로우 카운티에 있는 두 마을로 약 20마일 정도 떨어져 있다.

에서 뭔가 생각을 하곤 했지요. (침대보를 약간 당긴다.) 시신에 손을 대보고 정말 차가운지 말해주세요.

나그네 주인아주머니, 제가 저주 받게 하시려고요? 저는 나하나간 호수[3]에 금을 가득 채워 준다고 해도 시신을 만지지 않을 겁니다.

노라 (불편한 눈으로 시신을 바라보며) 어쩌면 이런 사람에게 차가움은 죽음의 표시가 아닐 수도 있어요. 처음 만난 이래 매일 낮, 매일 밤, 이 사람은 항상 차가웠어요. (시신의 얼굴을 덮고 침대에서 물러선다.) 분명히 죽었을 거예요. 얼마 전에 심장 통증을 호소했거든요. 그리고 사나흘 정도 브리타스에 가기로 되어 있었는데 오늘 아침 갑자기 증세가 악화됐어요. 그림자가 협곡을 따라 올라갈 때 침대로 가더니 아파 죽을 거 같다고 말하더군요. 그리고 해가 저 건너 습지에 떨어질 때 벌떡 일어나더니 큰 비명소리를 지르고 죽은 양처럼 쭉 뻗어버렸어요.

나그네 (성호를 그으며) 신이여 그의 영혼을 쉬게 하소서.

노라 (그에게 위스키 한 잔을 부어준다.) 아마 그 술이 위클로우 카운티의 가장 좋은 소의 우유보다 나을 겁니다.

나그네 하느님께서 아주머니에게 상을 주실 겁니다. 그리고 아주머니의 건강을 위해 건배하지요. (마신다.)

노라 (그에게 담배와 파이프를 준다.) 파이프가 남편 것밖에 없어요. 하지만 이건 좋은 파이프지요.

나그네 주인아주머니, 고맙습니다.

노라 앉아서 좀 쉬세요.

나그네 (파이프를 채우면서 방을 둘러본다.) 주인아주머니, 저는 세상을 많이

---

3) 더블린 남쪽 위클로우 카운티에 위치한 호수.

돌아다니면서 놀라운 일들을 많이 보았죠. 하지만 입때까지 좋은 위스키와 담배와 최고급 파이프가 있고, 게다가 집에 여자 하나밖에 없는 경야는 처음입니다.

노라 남편이 죽은 건 해가 진 후라고 말씀드렸잖아요? 근처에 집이라곤 없는데 여자가 어찌 협곡으로 나가서 이웃들에게 알리겠어요?

나그네 (마시며) 누구와 원수 진 일 없죠, 주인아주머니?

노라 평생에 원수 진 일 없어요. 캄캄한 밤에 지나가는 당신 같은 사람이 이웃집 하나 없는 외로운 나의 처지를 어찌 알겠어요?

나그네 (앉으며) 저는 바로 알겠던데요. (파이프에 불을 붙이니 불 위에 그의 창백한 얼굴이 드러난다.) 저는 문으로 들어오면서 생각했어요. 여기처럼 창문에서 나오는 희미한 불빛을 볼 사람이 두 명도 되지 않는 외딴 곳이 아니어도 어두운 밤에 홀로 사는 여자들은 나 같은 사람을 무서워하겠구나 라고요.

노라 (천천히) 무서워하는 여자들이 많겠지요. 하지만 나는 왜 거지나 주교나 아니면 아저씨 같은 사람을 무서워해야 하는지 모르겠어요. (창문 쪽을 보며 목소리를 낮춘다.) 무서운 건 당신 같은 사람이 아닌 다른 것이랍니다.

나그네 (약간 떨면서 돌아본다.) 맞아요, 하느님 저희를 도우소서.

노라 (호기심으로 잠시 그를 바라보며) 그렇게 말씀하시니 손님은 겁이 많아 보이는군요.

나그네 (슬픈 듯 이야기한다.) 주인아주머니, 기나긴 밤중에 길을 걷거나, 안개가 자욱하여 작은 막대기가 사람 팔뚝만 하게 보이고, 토끼가 말처럼 크게 보이고, 토탄 무더기가 더블린 시의 높은 교회처럼 커 보일 때 언덕을 넘어 다니는 제가요? 만약 제가 쉽사리 무서움을 탔더라면 이미 오래 전에 리치먼드 정신병원에 수용됐거나 누더기 셔츠 하나만 걸치고 먼 산 속으로 들어가 옛날에 죽은 패치 달시처럼—주여 그에게 자비를 베푸소서—까마귀들과 함께 지내고 있었겠죠.

노라 (흥미를 느끼고) 달시를 아세요?

나그네 내가 바로 그의 목소리를 들은 마지막 사람인 거 아세요?

노라 그 당시 떠돌던 이야기가 많았지요. 하지만 누가 협곡사람들이 하는 이야기를 믿나요?

나그네 전 거짓말을 하지 않습니다, 주인아주머니. . . . 저는 오늘 밤 같은 캄캄한 밤에 지나가고 있었지요. 울타리 아래 누워 있는 양들은 소낙비와 안개 때문에 모두가 노인처럼 기침하면서 캑캑거렸어요. 그런데 그때 뭔가가 이야기하는 소리가 들렸어요. 믿지 않으시겠지만, 하도 괴상한 이야기라서 아마 당신은 자다가도 꿈에서 깰 겁니다. 저는 이렇게 중얼거렸어요. "자비로운 하느님, 짙은 안개 속에서 저런 목소리가 들리니 죽을 것 같습니다." 그리고 저는 뛰었죠. 라스바나에 도달할 때까지 뛰고 또 뛰었어요. 그날 밤 저는 취하도록 마셨어요. 다음 날 아침에도 취했고, 경마를 보고 오던 그 다음 날도 취했죠. 3일째 되는 날 사람들이 달시를 발견했어요. 그제야 내가 들은 소리가 달시였다는 걸 알았죠. 그 이후로 무서움증이 없어졌어요.

노라 (슬픔에 차서 천천히 말한다.) 하느님, 달시를 용서하소서. 달시는 고지대를 지날 때마다 항상 집에 들렀어요. 그 사람이 지나가고 나면 한동안 외로움을 탔죠. (침대 쪽을 보고 목소리를 낮춰서 매우 또렷하게 말한다.) 그러고 나면 우리가 진정 행복해질 수 있는지는 모르지만 저는 다시 행복해졌어요. 왜냐하면 혼자 있는 것에 익숙해졌거든요. (잠시 정지. 그리고 일어선다.)

노라 손님이 오그림에서 오실 때 이 근처에 사람이 있었나요?

나그네 젊은이 하나가 산양 떼를 이리저리 쫓아다니면서 몰고 있었어요.

노라 (반쯤 웃는다.) 한참 아래였나요?

나그네 조금요.

(그녀는 주전자에 물을 넣어 불에 얹는다.)

노라 손님이 무서움을 타지 않는다면 시체와 함께 잠시 여기 계세요.

나그네 그러죠. 죽은 사람이 해칠 수는 없으니까요.

노라 (약간 절제하며 말한다.) 나는 서쪽에 좀 다녀올 겁니다. 남편이 밤에 거기 가서 휘파람을 불면 당신이 만났던 젊은이—그러니까 바다에서 나와 저기 오두막에 살고 있는 농부라고나 할까—그 젊은이가 혹시 거들어줄 일이 있는지 보러 오곤 했어요. 오늘 밤 그 사람이 필요해요. 해가 뜨면 협곡에 내려가 사람들한테 저희 남편이 돌아가셨다고 알리도록 해야죠.

나그네 (침대보 속의 시체를 보며) 주인아주머니, 그 사람 데리러 제가 가지요. 비가 억수로 쏟아지는데 고생하지 마세요.

노라 손님은 길을 몰라요. 작은 오솔길 하나가 두 개의 수로 사이로 있는데, 마차와 당나귀가 거기에 빠지곤 한답니다. (머리에 숄을 쓴다.) 편하게 계시면서 남편을 위해 기도를 해주세요. 곧 돌아올 거예요.

나그네 (불안한 듯 움직인다.) 혹시 회색 실과 날카로운 바늘이 있으신지요. 바늘이 있으면 매우 안전하지요, 주인아주머니. 내가 남편의 영혼을 위해 기도할 때, 그 기도가 성자님들께 상달될 수 있도록 내 외투 여기 저기 한 땀씩 떠놓겠습니다.

노라 (자신의 옷섶에서 바늘과 실을 빼서 그에게 준다.) 바늘 여기 있습니다. 손님은 이런 시골에 익숙하실 테니 외롭지 않을 거라고 생각해요. 혼자 앉아서 바람 우는 소리 들으며 멍하니 있는 것보다는 죽은 사람과 함께 있는 게 낫지 않을까요?

나그네 (천천히) 맞습니다. 주님 자비를 베푸소서!

(노라가 나간다. 나그네는 혼잣말로 '심연에서'를 조용히 부르며 외투에 꼬리표를 꿰매기 시작한다. 즉시 침대보가 천천히 내려가면서 댄 버크가 내다본다. 나그네는 불편한 듯 움직이다가 고개를 들어 쳐다보고 혼비백산하여 벌떡 일어난다.)

댄 (쉰 목소리로) 손님, 두려워 마세요. 죽은 사람은 아무도 해치지 못해요.

나그네 (덜덜 떨며) 저는 나쁜 짓을 할 생각이 없습니다, 나리. 당신의 영혼을 위해 간단한 기도를 하도록 허락해주시지 않겠습니까?

(밖에서 긴 휘파람 소리가 들린다.)

댄 (침대에서 일어나 사납게 말한다.) 사탄이 저 여자를 혼내주소서. . . . 손님, 들었어요? 여자가 손가락 두 개를 입에 넣고 휘파람 부는 걸 들은 적이 있나요? (서둘러서 탁자를 바라본다.) 목이 말라 죽겠어요. 그 여자가 돌아오기 전에 얼른 물 좀 가져다 줘요.

나그네 (의심하며) 돌아가신 게 아닌가요?

댄 죽었는데 어떻게 이렇게 목이 탈 수 있단 말이요?

나그네 (위스키를 따르며) 부인이 나리 몸에서 술 냄새를 맡으면 뭐라고 할까요? 이유 없이 죽은 척 하시는 건 아닐 텐데.

댄 아니죠, 손님. 하지만 마누라가 내 가까이 오지는 않을 겁니다. 그리고 내가 오랫동안 죽은 시늉을 할 건 아닙니다. 왜냐하면 등이 결리고 엉덩이는 저려오는 데다가 망할 놈의 파리 때문에 코가 간지러워요. 당신이 내리는 비, 패치 달시 (비통하게)－악마가 그 놈을 목을 졸라버리길!－그리고 높은 교회건물 얘기를 하는데 재채기가 나오려고 해서 죽는 줄 알았어요. (성급하게 소리친다.) 위스키를 주세요. 내가 위스키를 맛보기도 전에 마누라가 돌아오게 하려는 건 아니죠?

(나그네가 그에게 술잔을 준다.)

댄 (마시고 나서) 선반에 가서 벽의 서쪽 구석에 있는 검정 지팡이를 갖다 주세요.

나그네 (선반에서 지팡이를 꺼낸다.) 이건가요?

댄 맞아요, 손님. 집에 못된 마누라가 있는 관계로 이 지팡이를 오래 전부터 가지고 있어요.

나그네 (알 수 없다는 듯) 주인장, 아주머니는 말 상대로는 훌륭하신데, 정말 그렇단 말인가요?

댄 그래요. 그 여자는 나쁜 아내입니다. 나이 많은 남자에게는 나쁜 아내입니다. 나는 팔 힘이 세긴 하지만 나이가 들어가고 있어요. (막대기를 손으로 잡는다.) 잠시 기다려보세요. 두세 시간이면 이 방 안에서 대단한 광경을 보게 될 겁니다. (이야기를 멈추고 귀를 기울인다.) 사람인가요?

나그네 (귀를 기울인다.) 길에서 말하는 목소리가 들려요.

댄 막대기를 여기 침대에 놓고 침대보를 원래 있던 대로 펴세요. (서둘러서 자기 몸을 스스로 덮는다.) 얼른 잠들고, 그리고 아무것도 모르는 척 하세요. 안 그러면 내가 당신을 죽일 겁니다. 목이 말라 죽을 지경이 아니었다면 당신에게 말하지 않았을 겁니다.

나그네 (머리를 덮으며) 주인장, 두려워 마세요. 내가 당신 같은 사람에 대해 아는 게 뭐가 있다고 당신을 방해하려고 말을 하거나 손짓을 하겠어요?

(불가로 다시 가서 침대에 등을 돌리고 의자에 앉아 외투에 바느질을 계속한다.)

댄 (침대보 아래서, 불만스러워하며) 손님.

나그네 (신속하게) 쉿쉿. 조용히 하세요. 그 사람들이 문에 다 왔어요.

(노라와 그 뒤에 키 크고 착하게 생긴 마이클 다라가 들어온다.)

노라 오래 걸리지 않았죠, 손님. 이 사람을 길에서 만났어요.

나그네 주인아주머님, 중간 정도의 시간이었어요.

노라 남편에게서 아무런 기척 없었나요?

나그네 없었습니다, 주인아주머니.

노라 (마이클에게) 가서 침대보를 걷고 남편을 보세요, 마이클 다라 씨. 내 말이 사실이라는 걸 알게 될 거예요.

마이클 싫어요, 노라 씨. 난 죽은 사람이 무서워요.

(마이클은 나그네를 마주보고 탁자 옆의 의자에 앉는다. 노라는 냄비걸이에 냄비를 걸고 그 아래 토탄을 넣는다.)

노라 (나그네에게 돌아선다.) 손님, 우리와 함께 차를 드시겠어요? 아니면 (좀 더 설득하듯이 말하며) 작은 방에 들어가 잠시 침대에 누워계시겠어요? 비가 많이 오는데 먼 길을 걸어오시느라 피곤하실 걸로 생각되는군요.

나그네 밤샘을 하시는데 제가 아주머니를 혼자 두고 떠나라는 건가요? 그건 안 되지요. (옆에 있는 술잔을 들어 마신다.) 차를 마시고 싶어 그러는 건 아닙니다.

(바느질을 계속한다. 노라는 차를 만든다.)

마이클 (잠시 나그네를 약간 경멸하듯 바라본다.) 외투가 보잘것없는 데다가 바느질 솜씨도 형편없군요.

나그네 내 바느질 솜씨가 형편없긴 하지만, 오늘 장에서 돌아올 때 양 몇 마리 몰고 오느라 이리 뛰고 저리 뛰는 걸 보니 젊은 친구 자네도 형편없는 목동 같던걸.

(노라가 탁자로 돌아온다.)

노라 (낮은 목소리로 마이클에게) 마이클 다라 씨, 이 사람 신경 쓰지 마세요. 술을 한 잔 했으니 곧 잠들 거예요.

마이클 이 분 말이 맞아요. 지금 몹시 피곤해요. 양들이 어찌나 말을 안 듣는지, 남의 귀리 밭이나 건초더미로 달려가거나 붉은 소택지로 뛰어드는 게 양이 아니라 늙은 염소떼 같았어요. 산양은 희한한 종자들입니다, 노라 버크 씨. 번번이 고생한다니까요.

노라 (차 세트를 놓는다.) 글렌 말루어 계곡에서 자란 사람이나 라스바나와 글렌말 계곡 옆의 고원지방에서 자란 패치 달시처럼—주여, 그의 영혼을 구원하소서—500마리의 양 사이를 다니면서 세어보지도 않고 빠진 한 마리를 찾아내는 사람이 아니고선 산양을 한 마리도 몰 수 없다는 말을 들은 적이 있어요.

마이클 (불편한 마음으로) 그 사람이 작년에 머리가 이상해진 그 사람이 아닌가요?

노라 맞아요.

나그네 (처량하게) 대단한 사나이였지, 젊은이. 대단한 사나이였어. 자기 양이 낳은 새끼는 낙인을 찍기 전이라도 모조리 알고 있었어. 그 양반 여기서 더블린 시까지 달려도 전혀 숨차지 않았어.

노라 (급히 돌아선다.) 손님, 그 사람 정말 대단한 사람이었어요. 그리고 설사 미쳐서 죽었다 하더라도 산 사람이 죽은 사람을 좋게 얘기한다는 건 대단한 일 아닌가요?

나그네 나는 사실을 말하는 겁니다. 주여 그의 영혼을 구원하소서.

(바늘을 외투 깃 밑에 꽂아 두고 잠을 자기 위해 굴뚝 모퉁이에 자리를 잡는다. 노라는 탁자에 앉는다. 그들은 침대를 등지고 있다.)

마이클 (야릇한 시선으로 노라를 보며) 노라 버크 씨, 패치 달시가 저 아래 길로 협곡을 오르내렸다는 말을 오늘 들었어요. 또 아침저녁으로 지날 때마다 당신하고 이야기를 나누었다는 말도 들었어요.

노라 (낮은 목소리로) 당신이 들은 건 거짓말이 아닙니다, 마이클 다라 씨.

마이클 당신이 외딴 곳에 살고 있지만 아는 남성이 많을 것으로 생각되는군요.

노라 (그에게 차를 준다.) 외딴 곳에서는 이야기를 나눌 사람이 필요하고, 저녁엔 누군가를 찾게 되지요. 나는 많은 남성을 만났고 모두가 좋은 사람들이었죠. 나는 쉽게 만족하지 않는 아이였고, 또 쉽게 만족하지 않는 처녀였어요. (그를 심각하게 바라본다.) 이젠 쉽게 만족하지 않는 여자가 되었어요, 마이클 다라 씨. 거짓말이 아닙니다.

마이클 (나그네가 잠든 것을 본 다음 시신을 가리킨다.) 저 사람과 결혼했을 때 당신은 쉽게 만족하지 않는 여성이었나요?

노라 과년한 처녀가 어느 정도의 농장과 소, 그리고 뒷동산에 양이 있는 남자와 결혼하지 않으면 어떻게 살겠어요?

마이클 (생각하며) 그렇죠, 노라 씨. 당신은 현명해 보이는군요. 외딴 곳이긴 하지만 좋은 목초지가 있잖아요. 남편이 상당한 재산을 남겼다고 생각됩니다.

노라 (주머니에서 돈이 든 양말을 꺼내 탁자에 놓는다.) 요즘 긴긴 밤이면 그때 내가 참 바보였다고 생각하곤 하죠, 마이클 다라 씨. 저 문에 앉아 밖을 내다볼 때 보이는 것이라곤 소택지에 안개가 깔렸다가 걷히는 것밖에 없고, 들리는 거라곤 폭풍우에 부러진 나뭇가지에 바람이 우는 소리, 비가 내려 시냇물이 콸콸 흘러가는 소리밖에 없는데 밭 몇 뙈기와 소 몇 마리, 그리고 뒷동산의 양들이 무슨 소용이 있을까요?

마이클 (불안하게 그녀를 바라본다.) 오늘 밤 왜 그러세요, 노라 버크 씨? 이런 이야기는 깊은 산 속에서 오랫동안 산 남자들이 하는 이야기라던데.

노라 (탁자 위에 돈을 꺼내놓는다.) 안 좋은 밤입니다. 거친 밤입니다, 마이클 다라 씨. 난 고원지대 아래 오래 살면서 남편을 위해 요리를 했고, 씨돼지를 줄 여물을 끓였고, 저녁에는 빵을 구웠어요. (힘없이 돈을 집어 탁자 위에 여러 개의 작은 무더기로 만들어 놓는다.) 겨울에, 여름에, 아름다운 봄에 어린 애들이 성장하고 노인들이 세상을 떠날 때 나는 여기 이렇게 오래 앉아 언젠가 이렇게 중얼거렸어요. 내가 성장하던 예쁜 처녀 적에 메리 브라이언은 (손을 뻗으면서) 요만했는데 지금은 아이가 둘이고 서너 달 후면 또 하나가 태어나는구나. (잠시 멈춘다.)

마이클 (돈 무더기 중 세 개를 옮긴다.) 3파운드로군요, 노라 버크 씨.

노라 (똑같은 목소리로 계속 말한다.) 또 한번은 이렇게 중얼거렸어요. 말썽쟁이 소젖 짜기와 빵 뒤집기 선수였던 페기 카바나를 보라. 지금은 여기저기 방랑하거나 더러운 폐가에서 지내고 있는데, 이빨이 다 빠져 하나도 없고 가시금작화를 불태운 뒤의 언덕보다 머리숱이 더 적다.

마이클 전부 5파운드 10실링, 상당한 액수입니다. . . . 노라 버크 씨, 젊은 남자와 결혼하면 그런 말은 하지 않게 될 거예요. 장터에서 사람들은 내 어린 양들이 최고라고 했어요. 그래서 좋은 값을 받았어요. 내 어린 양들이 좋을 땐 흥정하는 데 자신이 있거든요.

노라 돈이 얼마나 있지요?

마이클 전부 20파운드입니다, 노라 버크 씨. . . . 우린 저 분이 일곱 교회에서[4] 한동안 조용히 계실 때까지 기다리는 게 좋을 겁니다. 그러고 나서 라스바나의 교회에서 저와 결혼식을 올리도록 해요. 나는 당신 집 뒷산에 있는 고원지대에서 양을 키우겠습니다. 우리에겐 안개가 끼었을 때도 두려워할 것이 아무것도 없을 겁니다.

노라 (그에게 위스키를 따라주며) 내가 왜 당신하고 결혼해야 하죠, 마이크 다라 씨? 당신도 늙을 것이고 나도 늙을 것이고, 그리고, 들어보세요,

---

4) 6세기에 성 케빈의 출생지인 종교적 중심지 글렌달루.

조금 있으면 저 사람처럼 침대에 앉아 고개는 중풍으로 떨고 이빨은 빠지고, 양들이 뛰어다니는 숲처럼 당신 몸에서 하얀 털들이 자라게 될 거예요.

(댄 버크가 침대보 아래서 손으로 얼굴을 감싼 채 소리 없이 일어난다. 그의 흰머리가 머리 주위로 삐져나온다.)

노라 (남편의 소리를 듣지 못한 채 말을 계속한다.) 늙는다는 건 측은한 일이지만 끔찍한 일이기도 해요. 이빨 하나 없는 노인이 침대에 앉아 욕지거리하는 걸 본다고 생각해보세요. . . . 우린 모두 나이를 먹을 테고, 그건 틀림없이 끔찍한 일입니다.

마이클 노라, 당신은 긴 세월을 노인과 사느라 너무 외로웠어요. 당신은 짙은 안개 속에서 내려오는 목동처럼 말하고 있어요. (팔을 노라에게 두른다.) 하지만 이제부터 젊은 남자와 멋진 인생을 살게 될 거예요. 멋진 인생. . .

(댄이 격렬하게 재채기를 한다. 마이클은 문으로 가려고 하는데, 그 전에 괴상한 흰옷 차림의 댄이 지팡이를 들고 침대에서 튀어나와 문에 등을 돌리고 선다.)

마이클 주님, 우리를 구하소서.

(성호를 긋고 방을 가로질러 뒷걸음질 친다.)

댄 (손을 들어 그를 가리킨다.) 내가 일곱 교회의 지하에서 썩고 있을 동안에는 자네가 이 사람과 결혼할 수 없을 거야. 내가 당신에게 주는 선물이 바람이 강할 때 깊은 산 속에서 자네를 따라다니는 걸 보게 될 거다.

마이클 (노라에게) 제발 나가게 해줘요, 노라. 아저씨는 언제나 당신이 하라는 대로 했어요. 지금도 그럴 것 같아요.

노라 (나그네를 본다.) 저 사람은 죽은 건가요, 산 건가요?

댄 (그녀를 향해 돌아선다.) 당신은 내가 죽든지 살든지 개의치 않지. 하지만 이제 당신의 좋은 시절은 끝났어. 젊은 남자, 늙은 남자 이야기, 그리고 산을 올라가고 내려오는 안개 이야기도 이젠 끝났어. (문을 연다.) 이 문으로 나가, 노라 버크. 내일도 모레도, 또 당신 살아있는 동안 어느 날에도 이 문 안으로 발을 들여놓는 일은 없을 거야.

나그네 (일어서며) 주인장, 노인치고는 말을 심하게 하십니다. 저런 여인을 길바닥에 내쳐서 어떻게 하라는 거죠?

댄 저 아래 페기 카바나 같은 여자들과 어울리며 네거리에서 돈을 구걸하거나 남자들에게 노래를 팔라고 하세요. (노라에게) 노라 버크, 나가! 장담하건대 당신도 곧 그런 생활을 하며 늙을 것이다. 당신의 이빨은 빠질 것이고 당신의 머리는 양들이 뛰어다니는 덤불처럼 될 것이다.

(댄이 멈추자 노라가 몸을 돌려 마이클을 본다.)

마이클 (소심하게) 라스드럼에 괜찮은 구빈원이 있어요.

댄 저런 여자는 절대로 거기 가지 않을 거야. . . . 인적이 드문 길가에서 죽는 날까지 숨어 지낼 거야. 사람들은 저 여자가 죽은 양처럼 서리에 덮인 채 뻗어 있거나, 아니면 도랑에서 큰 거미들이 몸에 거미줄을 치고 있는 걸 발견하게 되겠지.

노라 (화가 나서) 그때 당신은 어떻게 하고 있을 것 같아요, 다니엘 버크 씨? 이미 무덤 속에 오래 누워 있을 당신은 바로 그날 어떻게 하고 있을까요? 당신은 살아있을 적에도 흉측했고, 죽어서도 아마 흉측할 거예요. (한순간 사나운 얼굴로 그를 노려보더니 반쯤 돌아서서 슬픈 듯 다시 말한다.) 다니엘 버크 씨, 그렇게 되고 싶지 않으면, 옷을 거의 벗은 상태로 비 오고 바람이 부는데 죽지 않으려면 침대 속으로 들어가세요.

댄 당신을 내쫓는 날 내가 뒈져버리면 아주 즐거워하겠지. (문을 가리킨다.) 저 문으로 나가. 그리고 배가 고파도, 잘 데가 없어도 이쪽으론 얼씬거리지도 마.

나그네 (마이클을 가리키며) 어쩌면 저 친구가 데려갈 겁니다.

노라 저 사람이 나를 데려다 뭘 하겠어요?

나그네 마른 침대를 함께 쓰고, 좋은 음식을 당신의 입에 넣어주겠죠.

댄 손님, 저 친구가 바보인 줄 아시오, 아니면 당신이 태어날 때부터 바보인 거요? 저 여자가 문을 나서면 한번 따라다녀 보시오. 특히 비가 올 땐 정말 말이 많아요.

나그네 (노라에게 간다.) 주인아주머니, 우리 이제 떠나죠. 비가 내리긴 하지만 공기는 온화하고, 신의 은총으로 아침은 아름다울 거예요.

노라 내 신세가 요 모양 요 꼴인데, 방랑을 하다가 죽으려고 떠나는데, 아침이 아름다우면 무슨 의미가 있나요?

나그네 주인아주머니, 나와 함께라면 죽지 않을 거예요. 나는 목구멍에 풀칠하는 법을 모조리 알고 있어요. . . . 자, 이제 갑시다. 당신이 추위를 느낄 때, 서리와 비 그리고 다시 태양을 느낄 때, 협곡에 남풍이 불어

올 때, 당신이 지금까지 매일 여기 앉아 가는 세월을 지켜보며 늙은 것처럼, 축축한 도랑에 줄창 앉아있지는 않을 것입니다. 언젠가는 이렇게 말하게 될 거예요. "신의 은총으로 아름다운 밤이로다." 그리고 또 다른 때는 "거친 밤이다. 하지만 곧 지나갈 것이다." 당신은 또 이렇게 말할—.

댄 (조급하게 소리 지르며 그들에게 간다.) 나가란 말이야. 헛소릴랑 저 아래 협곡에 가서 하라고.

(노라는 물건 두세 개를 숄에 챙긴다.)

나그네 (문에서) 주인아주머니, 나랑 갑시다. 당신은 내가 주절거리는 소리만 듣지는 않을 겁니다. 검은 호수 위로 왜가리가 날아가며 우는 소리를 듣게 될 겁니다. 또 그와 함께 뇌조와 올빼미 울음소리를 들을 것이고, 날이 따뜻해지면 종달새와 지빠귀 소리를 들을 겁니다. 그 새들에게서는 페기 카바나처럼 늙어간다는 이야기, 머리가 빠지고 눈이 침침해진다는 이야기를 듣지 않을 겁니다. 당신은 해가 뜰 때 아름다운 노래를 들을 것이고, 노인네가 병든 양처럼 색색거리며 숨을 몰아쉬는 일은 없습니다.

노라 내가 노천에 누워 있다가 밤이 추워지면 색색거리며 숨을 몰아쉬게 되겠지요. 하지만, 손님, 당신 말솜씨는 좋군요. 당신과 가겠어요. (노라는 문 쪽으로 가서 댄을 향해 돌아서며) 당신은 죽은 척 했던 게 근사한 일이었다고 생각하죠. 그런데 그게 무슨 의미가 있나요? 지나가는 남자들과 말 한 마디도 하지 않고 여자가 이런 외딴 곳에서 어떻게 산다는 거죠? 그리고 이제부터 당신은 수발들어줄 사람도 없이 어떻게 살 건가요? 이제 머지않아 당신은 정말로 죽어서 다시 침대보 아래 눕게 될 터인데 암흑 같은 생활 외에 당신에게 남은 게 뭐가 있죠, 다니엘 버크 씨?

(나그네와 함께 나간다. 마이클이 뒤를 따라 나가는데 댄이 그를 붙잡는다.)

댄 앉아서 이것 맛 좀 보시오, 마이클 다라 군. 아직 초저녁인데 목이 무척 마르군.

마이클 (탁자로 돌아오며) 아저씨가 준 죽음에 대한 공포 때문에 저도 매우 목이 타는군요. 날이 새고 여태까지 산양 떼를 몰았어요.

댄 (지팡이를 집어던진다.) 자네를 후려칠 생각이었네, 마이클 다라 군. 하지만 자네는 조용한 사람이고, 이제 자네에게 나쁜 감정 없다네.

(위스키 두 잔을 따라서, 한 잔을 마이클에게 준다.)

댄 자 건배!

마이클 하느님이 상을 주실 겁니다, 다니엘 버크 씨. 그리고 조용하고 건강하게 오래 사시길 바라요. (함께 마신다.)

(막이 내려온다.)

땜장이의 결혼식

The Tinker's Wedding

- 2막짜리 희극 -

서문

드라마의 진정성은 다루는 문제 그 자체의 심각성의 정도가 아니라 그것이 우리의 상상력에 어떤 자양분을 제공하느냐에 따라 결정된다. 극장에 갈 때 우리는 약방이나 술집이 아니라 기쁨과 흥분으로 만찬에 가는 것처럼 가야 한다. 연극이 가장 풍요로웠던 시절의 영국, 스페인, 프랑스에서는 항상 그랬다. (유아기와 쇠퇴기의 연극은 교훈을 주려는 경향이 있다.) 그러나 요즘 극장에는 골치 아픈 문제들을 해결하기 위한 약물이나 바로 직전 음악희극의 압생트나 베르무트가 진열되어 있다. 연극은 교향곡처럼 무엇을 가르치거나 증명하지 않는다. 문제를 푸는 분석가들과 체계를 설명하는 교사들은 갈렌의 약전만큼이나 구닥다리이다. 입센과 독일 사람들을 보아라. 그러나 벤 존슨과 몰리에르의 명작 희곡들은 울타리의 검은 딸기와 마찬가지로 유행에 뒤처지지 않는다. 상상력을 키우는 것들 중에서 가장 필요한 것은 유머다. 유머를 제한하거나 파괴하는 것은 위험하다. 보들레르는 웃음을 인간의 악마적인 요소의 가장 위대한 표시라고 부른다. 아일랜드의 일부 도시의 경우처럼 유머를 잃어버리는 나라는 보들레르처럼 정신이 병적 상태에 빠지게 된다.

하지만 아일랜드의 많은 곳에서는 땜장이에서 성직자에 이르기까지 모든 사람들이 풍요롭고 따뜻하고 유머가 있는 생활과 인생관을 지닌다. 나는 나라마다 사람들이 희극에서 웃음거리가 되는 것처럼, 이 엄청난 유머감각을 지닌 촌사람들은 악의 없는 웃음거리가 되는 것을 개의치 않는다고 생각한다.

1907년 12월 2일

존 밀링턴 싱

등장인물

마이클 번 땜장이
메리 번 그의 어머니
사라 케이시 젊은 땜장이 여인
성직자

1막

한밤 시골길. 중앙에서 약간 오른쪽 둑 가까이 장작불이 타고 있다. 마이클이 그 옆에서 일하고 있다. 뒤쪽 왼편에 일종의 텐트와 누더기 옷들이 울타리에서 건조되고 있다. 우측에 교회당 문이 있다.

사라 (우측에서 입장하며, 열정적으로) 신부님이 오늘 저녁 댁으로 돌아가실 때 여기서 만날 수 있을 거예요, 마이클.

마이클 (엄숙하게) 그럼 성스럽고 거룩한 기쁨이지.

사라 (날카롭게) 내 결혼반지가 준비되지 않았으면 자기한테 좀 부담이 되겠지요. (그에게 간다.) 이번엔 거의 됐어? 아님 어떻게 돼가고 있어요?

마이클 아직 멀었어, 사라. 반지 만들기가 얼마나 어려운지 내 손이 다 망가져버려서 내일 아침엔 양철깡통을 만들 수 없게 될 거야.

사라 (그의 옆에 앉아 장작을 불에 던져 넣으며) 그게 그렇게 어렵다니, 바보들도 수긍하지 않을 말 하지 마세요.

마이클 (천천히 그리고 침울하게) 당신이 그런 말을 할 처지가 아닐 텐데. 이날 입때까지 난 당신처럼 거짓말을 잘 하는 사람은 못 봤어. 나랑 이렇게 오랜 세월 동거하면서 애들도 낳았고, 이제 나는 원하지도 않는 결혼 이야기를 꺼내더니 기어이 하자고 졸라대고 있어.

(사라는 그에게 등을 돌리고 둑에서 뭔가를 정리한다.)

마이클 (화가 나서) 이 달 들어 뭣 때문에 이러는지 묻는데 왜 한 마디도 안 하는 거지?

사라 (생각에 잠겨서) 별 생각 안 해요, 마이클. 그런데 봄은 이상한 계절이에요. 가끔 이상한 생각도 하게 되네.

마이클 당신이 아무리 뚱딴지같은 생각을 해도 난 받아줄 수 있어, 사라. 이 밤중에 나를 신부님에게 끌고 가서 얻을 게 뭐야? 날이 새면 또 다른 생각을 할 거 아냐.

사라 (놀리듯) 아침이 되면 나도 티브라덴[1]에서 타라 힐[2] 사이를 여행하는 돈 많은 땜쟁이에게 가버릴까 하고 생각하곤 해요. 젊은 마차꾼 짐과 마차를 타고 다니면 큰 산을 걸어 오르내리느라 등이 휘어질 일도 없는 아름다운 생활이 되겠죠.

마이클 (놀라며) 당신이 그런 생각을 하고 있었단 말이야!

사라 해가 좀 나고, 공기가 부드럽고, 머리 위에서 산사나무의 향기가 날 때 그런 생각을 하죠.

마이클 (경악한 표정으로 잠시 그녀를 바라보고 반지를 준다.) 이거 당신에게

---

1) 더블린 카운티의 티브라덴 산.

2) 미드 카운티의 고대 왕들이 살던 곳.

맞을까?

사라 (끼워본다.) 꽉 끼게 만들었어요. 그리고 양철 가장자리가 날카로워요.

마이클 (주의 깊게 들여다보며) 당신 손가락이 굵어서 그래. 그리고 전능하신 신의 은총으로 건강하고 행복하게 잘 살고 있으면서 나에게 결혼식을 하자고 요구하고, 안되면 나를 떠나겠다고 말하는 건 정신 나간 소리 아냐?

사라 (반지를 그에게 다시 돌려주며) 지금 고쳐줘요. 그럼 괜찮을 거예요. 조심해서 조이지 않게 하세요.

마이클 (시무룩해져 다시 일한다.) 조심하라고 말하기는 쉬워. 바보들도 말을 할 수 있을 정도로 말하기 쉬운 게 너무 많아. (거칠게 반응한다.) 제기랄, 또 데었잖아.

사라 (경멸하듯) 데었다면 그건 오늘 밤 자기가 서툴러서 그래요. (언성을 높이며) 서두르세요. 어머니가 맥주를 가지고 오실 거예요.

마이클 (따지듯이 언성을 높이며) 서두르라고? 서둘러서 당신을 한 대 갈겨줄까 보다. 당신을 라스바나에서 만났을 때 당신이 울면서 "엄마한테 갈 거야!"라고 말하던 것이 생각난다. 그때 내가 당신 뒤로 가서 귀싸대기를 후려갈기고 나서 지금까지 얼마나 조용히 순종적으로 나를 따라다녔는지 생각하고 있어.

사라 (일어나서 장작을 모두 불에 던져 넣으며) 아마 난 바보천치였어요. 내일 발리나클라시에서 마차꾼 짐을 만날 텐데, 그 사람은 위클로우 말 시장에서 새끼 백마를 좋은 값에 팔고 난 후여서 보란 듯이 돈을 물 쓰듯 쓸 거예요. 그 사람은 좋은 말과 여자 보는 눈이 아주 대단하죠.

마이클 (조급하게 일하며) 두 가지로 복이 터진 놈이로군.

사라 (발로 재를 차며) 멋진 남자죠. 그 사람을 보는 것만으로도 기분이 좋을 거예요. 그 사람이 처음으로 나를 발리나크리[3]의 미인이라고 불렀지요. 여자에겐 멋진 칭호라고요.

마이클 (경멸하며) 그건 아클로우[4]에서는 경주용 말들에 붙이는 이름이야. 당신 기분 좋게 하는 건 쉬워, 사라. 근사한 말로 비행기 태워주면 금세 좋아하지. 거짓말쟁이가 하는 말인데도.

사라 거짓말쟁이라니요!

마이클 거짓말쟁이지!

사라 (분개하여) 거짓말쟁이라고요? 경찰관들이 글렌 말루어까지 10마일을 따라와 한밤에 나에게 사랑을 고백했다는 말 못 들었어요? 학교 끝나고 집에 가는 학생들이 "우리는 오늘 발리나크리 제일의 미인, 사라 케이시를 보았다. 대단한 광경이다."라고 서로 수군거린다는 말 못 들었나요?

마이클 하느님 저들을 도와주소서.

사라 당신이야말로 2, 3주 후 하느님께 도와주시라고 간청해야 할 거예요. 당신이 한밤중에 자다가 깨서 내가 큰 마차를 몰고 존팅 짐이 뒤에 따라오는 것을 보면 내가 머리에 태양을 이고 온다고 생각할 거예요. 밤중에 뚝방에 누워 어머니가 코를 고는 소리와 박쥐들이 나무에서 찍찍대는 소리를 들으면 외롭고 추울 거예요.

마이클 쉿! 길에 누군가 오고 있어.

사라 (우측 바깥을 내다본다.) 누군가 의사선생님 댁에서 나오고 있어요.

---

3) 아일랜드 미드 카운티의 마을.

4) 더블린 남쪽 50마일쯤에 위치한 위클로우 시장 타운.

마이클 가끔 신부님이 그 집에서 날이 샐 때까지 카드를 치시거나 술을 한 잔 하시거나 노래를 부르시지.

사라 걸음걸이가 크고 목소리가 우렁찬, 건장하신 남성이에요. 신부님 맞아요. 반지를 다 만들었으면, 술을 드셨을 테니 지금이 흥정을 하기 딱 좋은 때라고요.

마이클 (그녀에게 가서 반지를 준다.) 반지 여기 있어. 그런데 신부님이 가던 길을 멈추고 우리 같은 사람들과 이야기를 나누지 않고 그냥 지나가 버릴 것 같은데.

사라 (흥분되어 몸단장을 한다.) 당신은 여기에 앉아서 불을 크게 피우고 있어요. 그래야 신부님이 내 얼굴을 볼 것이고 당신은 일하는 것처럼 보일 거예요. 신부님 같은 분은 일에 대해 이야기하는 것을 아주 좋아하거든요.

마이클 (뚱해서는 앉아서 양철깡통을 만든다.) 아주 좋아하시지.

사라 (열성적으로) 불을 크게 피우세요, 마이클.

(신부가 우측에서 들어온다. 사라는 그의 앞으로 나간다.)

사라 (매우 그럴듯한 목소리로) 신부님 안녕하세요. 주님의 은총으로 참 아름다운 밤이군요.

신부 주님께서 자비를 베푸소서. 당신은 무얼 하는 여인이신지요?

사라 신부님, 저는 발리나크리 제일의 미인, 사라 케이시이고 저 아래 뚝방에 있는 사람은 마이클 번입니다.

신부 부부로군요. 자 비켜주세요. (지나가려고 시도한다.)

사라 (그의 앞에 서서) 신부님께 잠깐 드릴 말씀이 있습니다.

신부 난 가진 돈이 없습니다. 길을 비켜 주시지요.

사라 저희는 돈을 원하는 것이 아닙니다. 저희는 결혼을 해야 할 것 같습니다. 신부님께서는 돈을 받지 않고서도 결혼을 시켜주실 거라고 믿었습니다. 신부님은 친절하신 분이고, 가난한 사람들에게도 친절하신 분이니까요.

신부 (놀라서) 무료로 결혼을 시켜달라는 건가요?

사라 예, 신부님. 그리고 신부님께서 저희에게 반지 값으로 은전 한 닢은 주실 거라고 생각했습니다.

신부 (큰소리로) 잠깐 조용히 하세요, 사라 케이시 양. 나에겐 당신 같은 사람들에게 줄 돈이 없어요. 결혼을 하고 싶으면 1파운드가 있어야 해요. 1파운드만 내면 해드리겠어요. 여기 사는 부부들보다 훨씬 저렴하게 해드리는 겁니다.

사라 우리가 어디서 1파운드를 구하겠어요, 신부님?

신부 당나귀도 팔고, 깡통도 만들고 여기저기 위클로우, 웩스포드, 그리고 미드 카운티에서 도둑질을 하면 쉽게 만들 수 있지 않나요? (지나가려 한다.) 그만 성가시게 하고 길을 비키세요.

사라 (애원하듯 주머니에서 돈을 꺼내며) 신부님, 저희에게 자비를 베풀어주시지 않겠어요? (돈을 내민다.) 10실링 금화라면 저희를 결혼시켜 주시겠어요? 살아계신 왕의 어머니의 모습이 반짝이는 겁니다.

신부 이건 10실링짜리고, 똑같은 10실링짜리 하나 더 가져오면 결혼시켜 드리죠.

사라 (훌쩍거린다.) 신부님, 저희가 반 페니짜리, 한 페니짜리, 또 드물게 3페니짜리로 그만큼 모으는 데 2년 걸렸습니다. 저희를 지금 결혼시켜 주시지 않으면 저 사람과 술꾼인 그의 어머니가 내일 시장에서 그 돈으로 다 마셔버릴 겁니다. (앞치마를 눈가로 가져가서 울먹이며) 그러고 나면 저는 아마 할망구가 될 때까지 결혼하지 못할 것입니다. "가난하게 태어나는 건 잔인하고 사악한 일입니다."

신부 (불쪽으로 가며) 사라 케이시 양, 울지 마시오. 평생을 길거리에서 보내면서 그만한 일에 운다는 건 맞지 않아요.

사라 (울며) 신부님, 저희가 그 금화를 버는 데 2년 걸렸는데, 신부님은 그 액수에 저희를 결혼시켜 주시지 않으십니다. 죽어라고 일하는 저희들은 밤에도 깡통을 만들면서 태우는 장작가지 연기로 눈이 멀 지경입니다. (좌측에서 늙은 여인이 술 취해 노래 부르는 소리가 들린다.)

신부 (마이클이 만들고 있는 깡통을 본다.) 그 깡통은 언제나 완성되지요, 마이클 번 씨?

마이클 곧 됩니다, 신부님. 가장자리에 마지막 납땜을 하고 있습니다.

신부 그 10실링에 1크라운 금화, 그리고 1갤런짜리 깡통을 가져오면 결혼을 시켜주겠소.

메리 (취한 목소리로 갑자기 뒤에서 외치며) 래리는 멋진 청년이었다. 래리는 멋진 청년이었다, 사라 케이시.

마이클 두 분 조용히 하세요. 저희 어머니가 옵니다. 술에 취했을 때 그런 이야기를 하는 걸 들으면 난리를 치시거든요.

메리 (노래하면서 입장한다.)

우리가 고해성사 없이

교수형을 당하면 어쩌느냐고 물었을 때

그는 이렇게 말했어요.

"그건 모두 내 눈에 있지요
신부님이 처음으로 만들었어요."

사라 항아리 이리 주세요. 그러다 뚝방에 쏟겠어요.

메리 (항아리를 양손으로 들고 과장된 목소리로) 걱정 마라, 사라 케이시. 쏟지 않는다니까. 이걸 제미 네일 술집에서 내내 두 손으로 들고 왔는데 이 밤중에 거품이 주둥이까지 올라올 것으로 생각하니?

마이클 (불안하여) 한 모금이라도 남았어요?

사라 (항아리를 들여다보며) 조금밖에 없는 것 같아요.

메리 (신부를 보자 그에게 술병을 내민다.) 하느님, 신부님을 구원하소서. 술은 충분히 가져왔습니다. 다 드셔도 좋아요. 신부님은 별로 술을 좋아하지 않으시지만, 오늘 밤은 엄청 술이 당깁니다.

(그에게 가려고 한다. 사라가 붙잡는다.)

신부 (가라고 손짓을 하며) 이러다 불에 엎어지겠어요. 물러서세요.

메리 (설득조로) 신부님, 저희를 피하지 마세요. 저희 모두 죄인들 아닌지요. 한 잔 하시라니까요. 최후의 심판 때까지 절대 발설하지 않을 겁니다.

(그녀는 양철컵을 들더니 거기에 맥주를 따라 신부에게 준다.)

메리 (컵을 손에 들고 노래하며)
발리간의 외로운 뚝방
그대가 10페니짜리 깡통을 두드리던 날
발리더프의 외로운 뚝방

. . . (노래를 중지한다.) 사라 케이시, 이건 나쁜 노래야. 이제 나를 뚝방으로 안내해다오. 신부님이 가실 때까지 노래를 하지 않을 거야. 신부님은 이미 나쁜 사람이라서 우리가 더 나쁘게 만들 수 없거든.

사라 (메리를 주저앉히고 반쯤 웃으며 신부에게) 신부님, 신경 쓰지 마세요. 한 잔 하면 주책을 부리지요. 로마에서 교황님이 오셨다 해도 자기 술잔으로 한 모금 드시게 하고선 신부님한테 한 말을 똑같이 했을 거예요.

메리 (신부에게) 신부님, 쭉 드세요. 술병을 하늘까지 쌓아놓고 있으면서 술 안 마시는 척 하지 말고 쭉 드시라니까요.

신부 (체념하고) 자, 건배합시다. 하느님 용서하소서. (마신다.)

메리 좋습니다, 신부님. 신의 축복을 받으소서. 신부님이 이무런 격식 따지지 않고 우리 같은 사람들과 앉아 한잔 하시는 걸 보니 참 좋습니다. 세상 어디를 가나 볼 수 있는 가장 가난하고 미천한 인간들이죠.

신부 당신 같은 사람들은 배가 고플 때 목마르면 한 잔 마시는 것도 좋고, 다리가 뻣뻣할 때 누워 자는 것도 좋다고 생각합니다. (묵직하게 한숨을 쉰다.) 만약 당신이 나라면 미사를 드려야 하고, 아픈 사람을 찾아 동으로 서로 뛰어다니고, 촌사람들이 죄에 대해 고백성사 하는 것을 들어야 할 때 바짝 마른입으로 어떻게 하겠습니까?

메리 (동정하여) 아름다운 봄날에 시골사람들 죄의 고백을 들으려면 피곤하겠군요.

신부 (침울하게) 힘든 생활입니다. 힘들어요, 메리 번 아주머니. 아침엔 주교님이 오실 겁니다. 노인이시라 술을 보시면 무척 화를 내실 겁니다.

메리 (크게 동정하며) 그렇게 말씀하시면서 한숨을 쉬시는 걸 들으니 마음이 아픕니다, 신부님. (신부의 무릎을 토닥거린다.) 신부님은 독신남이지만 그래도 힘내세요. 제가 아침까지 노래를 불러드릴게요.

신부 (말을 가로막으며) 곧 세상을 떠날 아주머니 같은 사람은 무릎을 꿇고 전능하신 하느님께 기도를 드리는 게 좋은데 내가 뭐하러 아주머니의 노래를 듣고 싶어 한다는 거죠?

메리 저에게 기도가 필요하다면 신부님께서 직접 한번 해주시는 게 좋겠어요, 신부님. 저희는 기도를 할 줄 몰라요. 기도는 신부님이 하는 거라고 많이 들었습니다. 지금 한번 해주세요, 신부님. 세상 돌아다니면서 이상한 이야기 참 많이 들었지만, 단 한 가지 어디서도 듣지 못한 게 하나 있는데, 그건 진짜 신부가 기도하는 거예요.

신부 주님, 우리를 지켜주소서.

메리 거짓말 아닙니다, 신부님. 저는 가끔 시골사람들이 잠자리에 들면서 뭐라고 이상한 소리를 내는 걸 들었습니다. 하지만 그런 사람들 말에 누가 귀를 기울이나요? 신부님 같은 대단한 학자님이 라틴어로 저 위의 성자님들께 말하는 걸 듣는 건 정말 재미있을 거예요.

신부 (화가 나서) 그만하시오, 메리 번 아줌마. 당신은 늙고 사악한 이교도입니다. 당신들과 더 이상 있지 않겠어요. (일어난다.)

메리 (그를 붙잡는다.) 기도 한번 해주시고 가세요, 신부님. 기도 한번 해주고 가시라니까요. 그럼 저도 축복해드리고 마지막 남은 술도 드리겠습니다.

신부 (뿌리치며) 놓으세요, 메리 번. 이곳에 사는 42년 동안 당신처럼 혐오스러운 사람을 만나보지 못했어요.

메리 (천진난만하게) 그게 사실인가요?

신부 그렇소. 신이 당신께 자비를 베푸시기를. . .

(신부가 왼쪽으로 가자, 사라가 따라간다.)

사라 (낮은 목소리로) 신부님, 제가 부탁드린 거 언제 해주시겠어요? 신부님께서 꼭 해주셔야 제가 이 아줌마처럼 사악한 이방인으로 늙어가지 않을 수 있습니다.

메리 (날카롭게 소리 지르며) 전능하신 하나님 면전에서 저런 사람과 귓속말하지 말고 당장 이리 와, 사라 케이시.

사라 (신부에게) 신부님, 들으셨지요? 저 여인은 세상에 재앙을 가져올 사악한 이방인이 틀림없죠?

신부 (떠나며 사라에게) 나는 일찍 교회로 올 테니 내가 지나가는 걸 보면 금화와 양철통을 가지고 잠시 후에 나에게 오세요. 형편없는 액수지만 그 두 가지를 가져오면 결혼시켜 드리죠. 당신이 저 여인처럼 사악한 이교도로 나이를 먹게 내버려두면 내 마음이 편치 않을 겁니다.

사라 (그를 따라 나가며) 신부님, 전능하신 하나님이 지금부터 당신을 축복하시고 오늘부터 상을 주시고 지켜보실 것으로 믿습니다.

메리 (마이클의 옆구리를 찌르며) 보았어, 마이클? 저 애가 이 달 들어 언젠가부터 수다스러워졌다고 내가 말했지? 길에서 이 남자, 저 남자랑 귓속말을 하면서 결혼하고 싶어 온갖 방정을 떨고 있다니까.

마이클 쉿, 조용히 하세요. 저 사람이 돌아오면 엄마 머리를 쥐어박을걸요.

메리 험악한 세상이야. 공기는 참 맑다만. 내가 젊었을 때 세상 어디서나 볼 수 있는 저런 끔찍한 늙은이와 귓속말을 주고받았다면 너는 결코 태어나지 못했을 것이다. (사라는 금세 돌아온다.)

메리 (사라에게 소리친다.) 그 사람과 무슨 일로 귓속말을 주고받은 거냐?

사라 (의기양양하여) 잠이나 주무세요. 우리는 내버려 두시고. (마이클과 속삭인다.)

메리 (짚으로 파이프를 쑤시며 노래한다.) 한 놈과 속삭이고, 두 놈과 속삭이네. (기침을 한다.) 오늘 밤은 목소리가 갔다, 사라 케이시. (파이프에 불을 붙인다.) 네가 좀 경박하긴 하지만 대단히 아름다운 여인이요, 땜쟁이들의 영광이며, 위클로우의 자랑, 발리나크리의 미녀다. 숲에 봄이 오고 있는데 이 밤에 너를 어두운 도랑에서 외로이 누워 자게 할 순 없다. 그러니 거기 큰 나무줄기 옆에 앉아라. 그러면 나는 네가 던달크[5]에서 발리나크리까지 어디에서도 들어본 적 없는, 왕비들이 낮에는 종일 반짝이는 비단옷을, 밤이면 백색 슈미즈를 입고 처음부터 끝까지 결혼을 하는, 이야기를 해주겠다.

마이클 (깡통을 손에 들고 일어난다.) 피곤하게 하지 말고 가서 주무세요.

메리 (졸린 듯 누우며) 쟤는 신경 쓰지 마라, 사라. 앉아라. 봄철에 너 같은 여성에게 딱 맞는 이야기를 해줄게.

사라 (마이클에게서 깡통을 받아서 마대자루에 묶는다.) 이제 밤이슬에 녹슬지 않을 거예요. 아침에 바로 쓸 수 있도록 뚝방에 갖다놓을게요. 마이클 번, 이제 그 일은 마쳤으니 당신과 함께 가서 서리한 팀 플래허티의 닭들을 맞이해야겠어요. (깡통을 둑에 놓는다.)

메리 (졸린 듯) 나는 사라 케이시처럼 목이 희고 사라 케이시처럼 네 뺨을 때릴 수 있는 튼튼한 팔을 가진 아일랜드의 여왕들 이야기를 알고 있다.

---

5) 더블린과 벨파스트 사이의 해안 타운.

사라 (왼쪽으로 손짓을 하며) 어머니가 주무시는 동안 이리 오세요, 마이클.

(마이클은 왼쪽으로 간다. 메리는 그들이 가는 걸 보고 벌떡 일어나 몸을 뒤집는다.)

메리 (애처롭게) 어디 가는 거니? 아직 한밤중인데 나를 홀로 두고 가지 말고 이리 돌아와.

사라 떠들어서 사람들 깨우지 마세요. 우리는 숲을 지나 우물가의 물푸레나무에 홰를 틀고 있는 팀 플래허티의 암탉 두 마리를 가지러 갑니다.

메리 나를 여기 홀로 남겨놓고? 이리 돌아와, 사라 케이시. 돌아오라니까. 정 가야겠으면 갖고 있는 동전 두 닢을 나에게 주고 가라. 그래야 얼른 가서 한 잔 더 먹고 잠을 잘 수 있지.

사라 너무 많이 드셨어요. 다리 쭉 뻗고 푹 주무세요. 자는 게 어머님 같은 늙어빠진 이교도 주정뱅이한테 제일 좋은 거예요. (사라와 마이클은 좌측으로 나간다.)

메리 (천천히 일어난다.) 갔다. 다리가 후들거려 누가 지푸라기로 건드리기만 해도 쓰러질 것 같고 머릿속에선 비가 오고 바위 사이로 흐르는 시냇물 소리 같은 게 들린다. (둑으로 가서 마대자루에 묶여 있는 깡통을 끄집어 내린다.) 이 밤에 내가 할 일이 어디 있나? 늙은 여자에게 귀기울일 사람이 거의 없는데 이야기가 근사한들 무슨 소용이람. 산통이 시작되어 두려움에 떠는 새댁이나 추운 밤 주린 배를 안고 잠 못자는 어린 아이라면 모를까. (자루에서 깡통을 꺼내고 그 자리에 빈 병 세 개와 짚을 넣고 묶는다.) 아마도 쟤들은 젊을 때 잠시 산책을 하고 싶을 것이다. 하지만 그렇더라도 밤이 아름답고 하늘에 달이 밝은 날 메리 번이 술을 마시는 것을 막진 못할 것이다. (깡통을 들고 꾸러미를 다시 둑에 갖다 놓는다.) 제미 닐은 착한 청년이다. 깡통을 주면 술을 한 잔 줄 거야. 내일 시장 초반에 경찰관들 근처에 있으면 사라가 나를 때리진 못할 것이다. 때린다 해도 그게 대순가. 아름다운 밤에 개가 짓고 박쥐들이 찍찍거리는 소리를 들으며 혼자 앉아서 아, '나는 머지않아 죽게 될 거야'라고 주절거리는 거보단 낫다.

("래리가 죽기 전날 밤"을 부르며 나간다.)

(커튼)

2막

같은 장소. 이른 아침. 사라는 낡은 양동이에 얼굴을 씻는다. 그리고 머리를 땋는다. 마이클도 몸단장을 한다. 메리 번은 도랑에 기대어 잠들어 있다.

사라 (즐거워 흥분한 듯 마이클에게) 저기 보따리에 가서 보세요. 당신 목에 두를 빨간 손수건과 나를 위한 초록 손수건이 있을 거예요.

마이클 (손수건들을 들고) 당신은 이런 것들에 많은 돈을 쓰고 있군. 우리는 이번엔 큰 손해를 보고 있어. 하나도 이득이 없다고. (손수건을 들고) 이거 두 개인가?

사라 맞아요, 마이클. (그 중 하나를 집는다.) 그걸 턱 아래에 감으세요. 우리가 교회에 들어갈 때 머리에 쓴 모자를 벗는 걸 잊지 마세요. 두 번째 남자와 결혼한 비디 플린에게 물어봤더니 요즘은 그렇게 한다고 하더라고요. (메리는 하품을 하고 돌아눕는다.)

사라 (불안하여) 어머니가 깰 텐데, 아시기 전에 먼저 결혼을 해치워야 할 거 같아요.

마이클 어머니는 소리를 고래고래 지르면서 우리더러 바보라고 놀려댈 거야.

사라 내가 어머니를 다시 주무시게 할 게요. 아니면 어떻게 해서든 그러지 못하게 해야죠. 자기 어머님 같은 꼴통이 불경스러운 말로 신부님이 우리에게 반감을 갖게 하면 골치 아파요.

메리 (메리가 잠을 깨어 두 사람을 호기심을 가지고 멍하니 바라본다.) 그거 예쁘구나, 사라 케이시. 오늘따라 얼굴도 씻고 부산하게 움직이고 있네. 망치소리엔 익숙해져서 전혀 들리지 않는데, 씻는 일은 드물어서 햇볕 아래서 달게 자고 있는데 네가 나를 깨우고 말았다. (자신이 술병들을 감추어둔 보따리를 조심스럽게 눈으로 찾는다.)

사라 (꼬시듯) 어머님은 누워서 좀 더 주무세요. 시장에 가기엔 아직 시간이 좀 남았어요.

메리 (의심하며) 배려해줘서 고맙다. 그런데 잠이 좋긴 하다만 햇볕 따뜻하고 공기가 부드럽고 동산 위에서 뻐꾸기가 노래하는 이런 날 잠에서 깨는 것도 기분 좋은 일이다.

사라 그렇게 기분이 좋으시면 내려가서 일찍 마차를 몰고 시장에 가는 부자들에게 동전이라도 몇 닢 얻어오세요.

메리 부자들이 일찍 마차를 몰고 갈 때는 성미가 고약하거든. 그 사람들한테서 얻을 건 욕설이나 나쁜 말들뿐이다.

사라 (자제심을 잃고 화를 내며) 구걸도 안 가고 잠도 자지 않을 거라면 어머니는 여기 필요 없으니 나가세요. 그래야 정오에 어머님을 기다리지 않지요.

메리 (약간 불편한 심정으로 마이클을 향하며) 신이 우리의 영혼을 도우시기를 빈다, 마이클. 재가 아침 댓바람부터 짜증을 부리는구나. 이번 달 들어 공포의 대상이 아닌가? (천천히 일어난다.) 난 1갤런 깡통을 팔러 가는 게 좋겠다. (걸어가 보따리를 집어 든다.)

사라 (화가 나서 소리친다.) 그거 내려놓으세요, 어머님. 풀잎에 내린 이슬도 아직 마르지 않았는데 깡통을 팔아 술을 마시러 갈 정도의 술 생각과 주사가 있는 걸 보면 어머님은 여자의 수치 아닌가요?

메리 (보따리를 아직도 들고 진정시키려는 가장된 어조로) 오늘은 술 생각이 아니라 생목이 올라서 목을 축이러 우물에 간다. 깡통은 교구신부의 딸에게 팔 거야. 거짓말 한두 마디면 손에 동전을 한 움큼 쥐여주는 순진한 아이야.

사라 어머니, 깡통을 내려놓으세요. 오늘 어머니 입안의 갈증이 내는 소리가 들려요.

메리 사라 케이시, 여기서 장터까지는 주막이 없다. 넌 내가 물건 판 돈을 한 푼도 쓰지 않고 전부 가지고 있는 걸 보게 될 거다. (돌아서서 왼쪽으로 나가려고 한다.)

사라 (벌떡 일어나 위협조로 망치를 든다.) 깡통 내려놓으시라니까요.

메리 (겁에 질려 잠시 사라를 보고 보따리를 도랑에 내려놓는다.) 사라 케이시,

넌 여자들의 자존심인데 미쳐서 세상을 뒤집어놓을 셈이니?

사라 (메리에게 가서 좌측으로 밀어낸다.) 내가 미쳤는지 보여드리죠. 자, 여기서 떠나세요. 그리고 이제부터 조심하세요.

메리 (사라의 등 뒤에 대고) 내가 가면 남녀노소에게 너는 닳고 닳은 이교도 야만인에다 신부님 댁에서 훔친 양배추를 빨래 삶는 솥에 감추고 (신부가 좌측에 그녀 뒤로 들어와 듣는다.) 너의 그림자가 교회 문의 기둥에 비치자 하나님의 제단 위의 촛불이 꺼지게 한 장본인이라고 말할 거다.

(사라가 돌아서자 메리는 도망치려다 거의 신부의 품 안으로 들어간다. 신부를 보자 숄로 입을 가리고 둑 쪽으로 올라가 혼자 웃는다.)

신부 (들은 말에 충격을 받고 사라에게 가서) 당신들 무지막지한 사람들이군요? 내 도움이 필요 없으면서도 엊저녁에 뻥을 친 걸로 생각되어요.

사라 (목소리에 아직 화가 나 있다.) 뻥이라니요! 하나님 앞에서 말로 뱉은 약속을 깨실 건가요?

신부 (반신반의하며) 사라 케이시 양, 여태 세례를 받지 않은 것 같은데, 성체를 당신에게 주는 건 옳지 않아요. (주머니를 뒤지며 설득한다.) 1실링을 줄 테니 나를 위해 건배하며 한 잔 마시고 귀찮게 하지 말고 떠나세요.

사라 진정이신가요? 신부님, 약속을 지키지 않으시면 무슨 수를 써서라도 주교님께 탄원을 하겠어요.

신부 그러세요!

사라 맨발에 물집이 잡히고 피가 나도 더블린까지 걸어가서 반드시 그렇게 할 겁니다.

신부 (마음이 불편한 듯 귀를 긁적인다.) 정말 힘든 하루로군. 당신 같은 사람과 어떤 일로든 엮인다는 건 위험한 일입니다.

사라 서둘러 주세요. 눈 깜짝할 사이에 해치울 수 있을 겁니다.

신부 (받아들인다.) 당신 말이 맞아요. 내가 교회 문에 보이면 교회로 들어오세요. (교회로 들어간다.)

사라 (그를 부른다.) 네, 하나님이 신부님을 축복하실 겁니다.

메리 (그들에게 와서 놀라워하면서 그러나 화를 내지는 않고 말한다.) 교회에 간다고! 또 결혼식 장난을 하는 거야? (사라는 그녀에게 등을 돌린다.) 그래서 얼굴을 씻고 저녁에 나에게 맥주를 가져오라고 보낸 거였구나. 그래서 내가 항아리의 절반을 마셔버렸지만. (빙 돌아서 사라 앞으로 간다.) 또 결혼식 장난치는 거니?

사라 (의기양양하여.) 맞아요, 어머님. 조금 있으면 나는 유부녀가 될 거예요. 이제부터 내가 위클로우나 웩스포드 또는 더블린에서 깡통을 팔 때 아무도 나에게 말을 함부로 하지 못할 거예요.

메리 (마이클에게 돌아서며) 네가 재랑 결혼하는 거니?

마이클 (어두운 표정으로) 네.

메리 (잠시 사라를 쳐다보더니 비웃는 웃음을 터뜨린다.) 재 쓸만한 여자다. 사실이야. 그런데 지금까지 내 아들이 이런 등신인 줄은 몰랐다. 사람들은 당나귀나 강아지, 또는 바람보다 더 빠른 말을 기르는 건 가능하지만 아들놈한테 똑바른 정신을 넣어주는 건 어렵다고들 한다.

마이클 (어두운 표정으로) 내가 저 사람과 결혼하지 않으면 밤에 마차꾼 짐한테 가버릴 거예요. 어머니도 잘 알다시피 저 사람처럼 돈을 구걸하고 남자들에게 노래를 파는 걸 잘 하는 사람 없어요.

메리 그래서 신부에게 금을 줘서라도 갈 마음이 있는 여자를 잡겠다는 거냐?

사라 (화가 나서) 노새도 질식할 것 같은 캄캄한 오두막에 사는 어떤 주근깨투성이의 여자 못지않게 나에게도 근사한 결혼식을 올릴 자격이 있는데 그런 악담으로 초치지 마세요.

메리 (부드럽게) 너에게도 권리가 있지, 사라 케이시. 그렇지만 그게 무슨 소용이야? 손가락에 낀 반지가 늙은 여자가 되는 거랑 예쁜 얼굴을 잃어버리는 거를 막아주니? 또는 비단 옷에 금반지 끼고 결혼한 부잣집 여인들은 더블린 시 의사에게 좋은 당나귀와 마차를 살 때 지불하는 돈을 주면 보통 여자들이 출산할 때 겪는 산통을 덜 느낄 수 있다고 하던가? (앉는다.)

사라 (곤혹스러워하며) 그게 정말인가요?

메리 (자기 말이 먹히는 게 즐거워) 그걸 모르는 사람이 있을까? 너는 아직 나이가 어리고 세상 지식이 부족하다, 사라 케이시.

사라 (격하지만 불편한 마음으로) 어머님은 부잣집 여자들 근처에 가본 적도 없으면서 그 사람들에 대해 잘 안다고요?

메리 이 마을 저 마을에서 술을 한 잔씩 마시다 보면 머지않아 지식도 얻고 세상 안목도 생긴다. 어두운 밤에 드럼통 가장자리에 앉아있는 남자들과 여자들을 만나 이야기를 듣다 보면 사라 케이시 너도 3월의 토끼처럼 현명해질 거야.

마이클 (사라에게) 엄마 말은 사실이야. 당신이 아직 제정신이라면 금화를 낭비해가면서 바보짓을 하진 않을 거야.

사라 (비웃듯) 내가 현명하든 바보짓을 하든, 괜찮은 계약을 했고 그걸 밀고 나갈 겁니다.

메리 그 양반이 뭘 달라고 했지?

마이클 금화 10실링과 저 위 자루에 매달아놓은 깡통이요.

메리 (놀라움과 두려움으로 보따리를 보며) 금화와 깡통이라고?

마이클 10실링 금화랑 1갤런 깡통이요.

메리 (잽싸게 자리에서 일어나며) 나는 시장을 향해 길을 나서야겠다. 너희들이랑 언덕을 급하게 올라가다가 죽을 고생을 하지 않아야지. (좌측으로 몇 걸음 걷더니 돌아서서 사라에게 설득하는 어조로 말한다.) 자루에서 깡통을 가져가지 말아라, 사라 케이시. 네가 그런 짓을 하면 사람들이 손가락질 하면서 조롱할 거야. 다시 말하건대 깡통은 안전하게 가방 속에 놔두도록 해. 그렇게 하는 게 최고다. (좌측으로 가서 잠시 멈추고 당황하여 두리번거린다.)

마이클 (낮은 목소리로) 엄마가 왜 저러지?

사라 (불안하여) 어머님이 저렇게 쉽게 얘기할 땐 뭔가 안 좋은 의도가 있어요.

메리 (자신에게) 교회 안이 더 안전할 거야. 만약 길에서 나를 만나면 아마 죽이려 할 거야. (절름거리며 우측으로 온다.)

사라 어디 가세요? 우리는 저쪽 방향으로 시장에 갈 게 아닌데요.

메리 나는 교회에 들어가 너희들을 축복하고 신부님의 기도를 들을 거야. 그리아난까지 가는 길은 외딴길이다. 여자가 외딴 곳에서 혼자 걸어 다니다간 무슨 일이 생길지 몰라.

(그녀가 교회 문에 다다랐을 때 신부가 성직자복 차림으로 문에 나타난다.)

신부 (외친다.) 자, 오세요. 내가 하루 종일 여기서 기도하게 할 작정인가요? 난 빈 속에 아침도 먹지 못했어요. 주교님은 오늘 마차를 타고 지나가실지 모르겠고,

사라 신부님, 지금 갑니다.

신부 금화를 주세요.

사라 여기 있습니다, 신부님.

(신부에게 돈을 준다. 마이클은 도랑에서 보따리를 가져와 사라의 뒤에 서 있다. 그는 보따리를 만지작거리고 의미 있는 표정으로 메리를 쳐다본다.)

신부 (금화를 보며) 어디서 났는지 모르지만 쓸만한 금화로군. 깡통은 어디 있지?

사라 (보따리를 받으며) 여기 깨끗한 자루 안에 있습니다, 신부님. 밤이슬에 녹슬지 않게 하기 위해 이 안에 넣어서 묶어놓았으니 열어보지 마세요. 그렇지 않으면 사람들이 사방으로 다니면서 이야기를 해서 우리를 웃음거리를 만들 겁니다.

신부 (보따리를 받는다.) 이리 주세요, 사라 케이시. 땜쟁이가 깡통 만드는 거에 대해 누가 무슨 생각을 한다는 거죠? (그는 보따리를 열기 시작한다.)

사라 좋은 깡통이지요. 우리야 미천한 사람들이지만 우리가 만든 깡통은 좋습니다. 저 사람은 그 방면의 전문가이지요. (신부는 보따리를 연다. 빈 깡통 세 개가 떨어진다.)

사라 기쁨의 성자들에게 영광이 있기를!

신부 과연 이런 일이 있을 수 있나요? 나는 어린 아이들한테도 받지 않을 액수에 당신들을 결혼시키려고 하는데, 나에게 거짓말을 하고 속였

다고 생각하면. . . .

사라 (시무룩해지고 충격을 받아서) 이건 사탄의 짓입니다, 신부님. 거짓말 아닙니다. (양손을 들어 올린다.) 만약 사탄이 가방에서 깡통을 꺼내가지 않았다면 전능하신 하나님이 저를 벌하셔도 좋습니다.

신부 (열이 나서) 자, 거짓 맹세 하지 말고 그만 가세요. 자, 가세요. 그걸 팔아먹었거나, 캄캄한 밤에 술과 바꿔 먹어놓고 그런 말을 믿을 바보라고 생각하지 마세요.

메리 (손을 신부의 왼쪽 팔에 얹으며 달래는 목소리로) 저 아이는 웬만큼 술이 먹고 싶어서는 그런 짓 하지 않습니다. 저 아이에게는 결혼식이 아주 중요하거든요. 그러니 깡통에 신경 쓰지 마시고 저 아이를 편하게 해 주세요. 신부님처럼 멋지고 부유하고 강건하신 분이 깡통 하나 없다고 큰 손해를 보시는 것도 아니잖습니까?

사라 (애원조로) 금화 10실링에 저희를 결혼시켜 주세요. 저녁에 좋은 깡통 하나 만들어 드릴게요. 성직자들이 물을 가지고 다니기에 좋은 걸로요. 지금 결혼시켜 주세요. 비가 오고 제 발이 진창에 빠져 있을지라도 아침저녁으로 신부님을 위해 아름다운 기도를 올리겠습니다.

신부 (큰소리로) 당신들은 사악하고 거짓말하는 도적 같은 무리들이다. 그 거적때기들 하나도 남김없이 가지고 썩 꺼지시오.

메리 (머리에 숄을 쓰며) 저 애를 결혼시켜 주세요, 신부님. 만약 저 애를 그냥 보내시고 저 애가 거리에서 몹쓸 욕설을 하고 다니면 괴상한 일들이 일어날 겁니다.

사라 (화가 나서) 그 말이 맞아요. 우리가 언덕에서 걷고 있을 때 어머님이 너무나 술이 당겨 깡통을 술과 바꿔 먹은 거 같아요.

메리 (화를 내며 소리 지른다.) 성직자에게 거짓말을 하다니 부끄럽지도 않니, 사라 케이시?

사라 (화를 내며 메리에게) 나를 바보로 만들고 세상 사람들 앞에서 망신을 주려는 거군요. 그러나 만약 어머님이 도망가거나 교회에 숨을 생각이라면 이번엔 나한테 걸렸어요. 도망 못 가요. (병 하나를 집는다.)

메리 (신부 뒤에 숨는다.) 걔를 오지 못하게 하세요, 신부님. 하나님 맙소사, 오지 못하게 하세요. 내가 머리가 깨지고 쓰러져 있거나 당신 둘이 교회 문 앞에 내 무덤을 파고 있는 걸 주교님이 보시면 뭐라고 하시겠어요?

신부 (사라에게 저리 가라고 손짓한다.) 저리 가세요, 사라 케이시. 내 발 앞에서 살인을 하겠다는 건가요? 저리 물러가세요. 마음의 친절을 베푼 데 대해 고통과 혼란만 얻었으니 내가 당신과 엮인 건 참 바보스러운 일이었어요.

사라 (외치며) 나는 돌아다니면서 힘 좋은 남자애들 많이 두들겨 팼어요. 내가 성직자라고 물러날 거라고 생각하세요? 길을 비키든가, 아니면 한 방 갈겨버리겠어요.

신부 그러면 안 되죠, 사라 케이시. 난 당신들 두렵지 않아요. 물러가세요. 그리고 아무 용건도 없는 교회 문 앞에서 난리치고 죽이겠다고 협박하지 마세요.

사라 저 여자 머리를 부숴놓기 전엔 한 발짝도 움직이지 않을 거예요. 아니면 나를 결혼시켜 주든가. 우리가 물러가기를 원하신다면 당장 결혼시켜 주세요. 당신은 살이 쪄서 몸이 터질 지경인데, 당신 같은 사람에게 금화 10실링 드리면 값을 잘 쳐드리는 겁니다.

신부 당신이 나에게 와서 내 교회를 더럽히게 하고 싶지 않아요. 당신 같은 사람은 보나마나 지옥에 갈 게 분명하니까. (10실링을 땅바닥에 내던진다.) 금화를 가지고 내 눈앞에서 썩 사라지세요. 만약 당신들을 다시 보는 날 필리 컬렌의 검정 당나귀를 누가 훔쳐갔는지, 그리고 회색 당나귀가 누구네 건초를 먹고 있는지 경찰에 일러바치겠어요.

사라 그래요?

신부 물론이죠.

사라 만약 그렇게 하신다면 신부님은 위클로우, 웩스포드, 그리고 미드 카운티의 모든 땜쟁이들을 불러 모아 밖을 내다보며 처녀들에게 윙크하던 창문의 유리를 양철판으로 바꿔야 할 겁니다. 그러면 신부님께서는 사순절 기나긴 날들에 배를 채울 방법이 없을 것입니다. 우리는 교회 앞마당에 씨암탉을 갖다 놓을 일도 없을 테니 말이죠.

신부 (마침내 성질을 내며) 가시오. 그렇지 않으면 방화, 절도, 강도, 강간 등 지금까지 너희들의 기나긴 범죄행위 이야기를 법원에 전달할 테다. 가라니까. 킬만함 감옥에 들어가거나 교수형을 당하고 싶지 않다면.

마이클 (외투를 벗으며) 신부님, 당신 같은 분으로부터 도망간다고요? 신부님의 오두막으로 들어가시지요. 아니면 당신이 여기에서 클레어 해변까지 울부짖는 걸 온 세상이 들을 때까지 당나귀 고삐로 후려갈겨 드릴까요.

신부 나에게 손을 대는 날이면 너의 사지가 오그라들 터인데 감히 내 앞에서 손을 들어 올린다? 썩 꺼져라. (마이클을 밀친다.)

마이클 나를 오그라들게 한다고요? 그럼 한번 맞아봐라. (고삐를 들고 신부에게 달려든다.)

신부 (소리 지르면서 도랑으로 도망간다.) 신의 은총으로 저기에 경찰이 지나가고 있다! 이보시오!

메리 (손으로 그의 입을 때리면서) 길바닥에 때려눕혀라. 아무도 듣지 못했다. (마이클이 신부를 끌어내린다.)

사라 입을 틀어막아.

메리 입 속으로 자루를 집어넣어. (깡통이 있는 자루로 그의 입을 틀어막는다.)

사라 가방을 그의 머리 주위에 묶어. 경찰이 오면 도랑 너머 둠벙에 머리를 거꾸로 처박아버려.

(그를 마대자루에 묶는다.)

마이클 (메리에게) 조용히 하게 만들어. 그리고 소리 지르면 안 되니 거적때기로 단단히 묶어. (캠프로 돌아간다.) 사라 케이시, 서둘러. 경찰은 이리 오고 있지 않으니까 걸리지 않을 거야.

(둘이 급히 서둘러 물건을 챙기는 동안 신부는 땅바닥에서 꿈틀거리며 발버둥치고 메리는 움직이지 못하게 하려고 노력한다.)

메리 (그의 머리를 두드리며) 조용히 해요, 신부님. 꿈틀거리시는데 어디 불편하신가요? 숨이 막히세요? (등을 두드리면서 손을 자루 밑에 넣어 입을 만진다.) 신부님, 지금 엄살 피우는 거지요? 지금 신부님 콧바람이 4월의 동풍처럼 쉽게 들어갔다 나왔다 하고 있어요. (달래는 목소리로) 자, 신부님 편안하게 계시면서 인내와 지혜를 터득하세요. 그래야 가난한 죄인들의 금붙이를 강탈하면서 그렇게 신나지는 않을 거 아녜요. (더 조용해진다.) 자, 이제 새 나라의 어린이가 되어서 불편한 마음을 버리세요, 신부님. 저희는 신부님을 해치지 않을 거예요. 신부님께 이런 장난을 쳐서 미안하고 괴로워요. 우리는 이런 길을 오랫동안 —아버지와 아들, 그리고 또 그 아들의 아들, 어머니와 딸, 그리고 또 그 딸의 딸에 이르기까지—가고 있는데 신부님은 우리생활을 간섭하면서 무얼 원하셨지요? 우리는 교회에 올라가 서약을—결혼식엔 서약이라는 게 있다던데 그걸 누가 믿나요—할 필요가 별로 없어요. 또 반지를 낀다던데, 말뚝에서 당나귀를 끌고 오거나 빗속에서 미끄러워진 줄을 잡아당기다가 손가락을 베는 수가 있어요.

마이클 (물건들을 싸는 일을 마치고 사라에게 온다.) 이제 됐어. 신부가 우리가 한 장난을 경찰에게 떠들어대지 않게 하기 위해 둠벙에 빠뜨려버리고 싶어.

사라 당신 말이 맞는 거 같아요.

메리 (달래듯이) 그 양반 거칠게 다루지 말아라, 사라 케이시. 그 사람 저녁 때 우리랑 맥주를 함께 마셨잖아. 우리를 해치지 않겠다고 맹세하면 풀어주는 게 좋을 거야. 만약 우리가 저 사람을 물에 빠뜨려 죽이려고 하면 사람들이 우리 모두, 그러니까 남자, 여자, 애들, 그리고 당나귀까지 교수형에 처할 거야.

마이클 저 사람이 맹세하는 걸 원하지 않을 텐데요?

메리 저런 사람이야말로 신의 분노를 두려워하는 거 모르니? (입을 마대자루 속의 신부의 귀에 대고) 신부님, 우리를 자유롭게 내버려두고 말도 걸지 않겠다고 맹세할 수 있어요? (신부는 자루 속에서 고개를 끄덕인다.) 내가 말하지 않았어? 자루가 접힌 부분에서 고개를 끄덕이는 걸 보라고. 자루를 벗겨내서 편하게 해줘라.

마이클 (말에게 말하듯이) 신부는 일어서라.

(자루를 벗기고 머리가 흐트러진 신부를 보여준다. 그의 입을 자유롭게 만들어준다.)

메리 맹세할 때까지 붙잡고 있어.

신부 (희미한 목소리로) 맹세합니다. 나를 조용히 보내주면 당신들을 신고하지도 않을 것이며 아무 말도 하지 않겠습니다. 오늘 당신들을 괴롭힌 죄를 하나님이 용서하시길 빕니다.

사라 (반지를 신부의 손가락에 끼워주며) 신부님, 이 반지가 세상 끝까지 당신의 맹세를 기억하게 해줄 거예요. 당신의 어리석은 짓 때문에 나는 상처를 받았어요. 당분간 결혼 이야기인지 뭔지를 하기는 어려울 것 같아요.

메리 (만족한 듯 천천히 일어서며) 걔가 속이 상했어요, 신부님. 하지만 괘념치 마세요. 신부님 같은 분이 우리가 젊고 보기 좋을 때 우리에게 먹을 것, 마실 것 그리고 사랑의 시간을 마련해주실 필요는 없어요.

마이클 서두르세요. 우리가 금화를 어리석게 쓰지 않게 해주셨으니 훌륭한 분이십니다. 우린 발리나클래시 초원에서 사람들과 한 잔 하며 즐거운 시간을 보내자.

(물건들을 주워 담는다. 신부는 일어선다.)

신부 (머리를 들며) 오늘 당신들의 범죄에 관해 사람들을 부르지 않기로 맹세했어요. 그러나 하나님의 손으로부터 하늘의 불을 부르지 않겠다고 맹세하지는 않았어요.

(큰 성직자의 목소리로 라틴어 저주를 말하기 시작한다.)

메리 저 악당 같은 인간!

모두 (일동) 뛰어라, 뛰어라, 목숨을 위해 뛰어라.

(신부를 거기에 내버려둔 채 모두 달려나간다.)

(막이 내린다.)

슬픔의 데어드라

Deirdre of the Sorrows

- 3막짜리 희극 -

등장인물

라우어캠 데어드라의 유모, 50세 정도의 현자
할머니 라우어캠의 하녀, 데어드라의 요리사
오웬 코너하의 수행원 겸 스파이
코너하 전설의 울스터의 왕, 60세 정도
퍼거스 코너하의 친구, 붉은 가지 영웅들의 일원
데어드라
니이시 데어드라의 연인, 우이시나의 아들
아원레 니이시의 형제, 붉은 가지 영웅들의 일원
아르단 니이시의 형제, 붉은 가지 영웅들의 일원
두 명의 병사

1막

슬리브 푸아 봉[1]에 있는 라우어캠의 집. 왼쪽에 내실 문이 있고, 오른쪽엔 밖으로 나가는 문이 있다. 뒤로 창문이 있고 반쯤 완성된 자수틀이 있다. 뒤쪽 벽에 큰 벽장과 묵직한 참나무 궤가 있다. 깨끗하고 단정하고 아무것도 없는 장소. 50세의 여인 라우어캠은 자수틀 앞에서 작업 중이다. 왼쪽에서 할머니가 들어온다.

할머니 아가씨 아직 안 왔죠, 밤이 되어가는데?

1) 아일랜드의 아르마 카운티에 있는 산맥 중 최고봉.

라우어캠 아직 안 왔어요. . . . (불안감을 감추며) 남서쪽에서 구름이 몰려와 어두워지긴 했지만 보통 때보다 늦은 건 아닙니다.

할머니 보통 때보다 늦었지요. 우이시나의 아들들, 즉 니이시와 형제들이 보름달이 뜬 후 2, 3일 간 토끼사냥을 하고 있다고 합니다.

라우어캠 (더욱 불안하여) 아가씨가 그 사람들 눈에 띄지 않도록 신께 기도를 해주세요. . . . (어쩔 도리가 없다는 듯이) 만약 그들이 아가씨를 보게 된다 하더라도, 그 사람들이 여기에 오라고 하지도, 가라고 하지도 않을 것입니다.

할머니 (나무라듯) 그렇다면 감시를 잘 하셔야겠어요. 어른이 되면 왕비가 되실 분이니까요.

라우어캠 오로지 자신의 쾌락을 위해 태어난 사람을 누가 통제한다는 말인가요. 자신에 관한 경고가 없다 하더라도 늙은 왕이 데려갈 때는 불행한 일이 닥치는 걸 알 수 있는데 오로지 자기의 미모와 산에서 노는 것 외에는 생각도 하지 않습니다.

할머니 신이여 저희를 도우소서. . . . 아가씨는 코너하 같은 분을 신랑으로 맞이하게 되었으니 아주 기뻐해야 하지 않나요? 그런데 왕은 왜 아가씨를 이런 거친 곳에서 교육하도록 하신 건지, 왜 입이 짧은 아가씨 식사를 저에게 만들라고 하신 건지 이해가 안 됩니다. (밖을 내다본다.)

라우어캠 협곡에서 오고 있나요?

할머니 아뇨. 쉿! 남자 둘이 가시금작화 숲에서 나오고 있어요. (외친다.) 코너하 왕과 퍼거스 님이에요. 데어드라가 외출 중이라고 하면 왕은 화를 내실 겁니다.

라우어캠 (서둘러 방을 정리하며) 가까이 오셨나요?

할머니 냇물을 건너고 있어요. 아가씨는 나뭇가지를 한 짐 들고 언덕에 있어요. 사람들 눈에 띄기 전에 제가 뛰어가서 몸가짐을 단정하게 해줄까요?

라우어캠 그럴 필요 없어요. 왕은 아가씨와 태양 사이에 날아가는 매에게도 질투심을 느낄 사람인데 왕의 눈에 뜨이고 싶으세요? (밖을 내다본다.) 주방으로 가서 아무도 보지 못한 것처럼 바쁘게 일하세요.

할머니 (그릇을 닦기 위해 앉는다.) 오늘 밤에는 안 좋은 일이 일어날 겁니다. 왕이 걸으며 팔을 흔드는 모양새가 심기가 불편하신 것 같습니다.

라우어캠 (모든 것에 지친 듯) 왕이 아가씨에게 화를 내고 빨리 화해를 하면 가장 좋을 텐데. 두 사람 사이에서 내가 괴롭습니다. (자수틀로 돌아가며) 이제 문 앞에 도착하셨어요. (코너하와 퍼거스가 들어온다.)

코너하와 퍼거스 신들이 당신들을 구원하시기를!

라우어캠 (일어나서 인사를 한다.) 신들이 폐하를 구원하시고 영원히 모든 해악을 막아주시기를 기원합니다.

코너하 (주위를 둘러보며) 데어드라는 어디 갔느냐?

라우어캠 (무관심한 척 말하며) 슬리브 푸아 산에 있습니다. 항상 여기저기 돌아다니면서 꽃을 따거나 견과류나 나뭇가지를 줍지요. 아가씨가 그렇게 새로운 생활을 즐긴다면 마음대로 하도록 놔두고 신경 쓰지 않을 생각입니다. (퍼거스가 할머니에게 이야기한다.)

코너하 (퉁명스럽게) 천둥번개가 치는 밤에 나가 돌아다니는 건 좋지 않다.

라우어캠 (더욱 불안하여) 데어드라는 모든 길을 잘 알고 있습니다. 번개가 아가씨처럼 아름다운 여성을 태우기 위해 불꽃을 내려 보내지는 않을 겁니다.

퍼거스 (쾌활하게) 그 말이 맞습니다, 폐하. 앉아서 쉬시지요. (외투 안에서 지갑을 꺼낸다.) 저는 우리가 가져온 것을 세어서 방의 벽장 안에 넣어놓겠습니다. (할머니와 내실로 들어간다.)

코너하 (앉아서 둘러본다.) 내가 데어드라를 위해 보내준 깔개, 벽걸개와 은냄비가 어디 있느냐?

라우어캠 깔개와 벽걸개는 벽장에 있습니다, 폐하. 사우인 축제 이래로 비가 내리고 있어서 아가씨는 발에 진흙과 풀이 묻은 채 출입하며 그것들을 더럽히고 싶지 않다고 했사옵니다. 은냄비와 황금컵들은 장롱 속에 넣고 자물통을 채워놓았습니다.

코너하 오늘부터는 그것들을 꺼내서 쓰도록 하라.

라우어캠 그렇게 하겠습니다, 폐하.

코너하 (일어나 자수틀로 간다.) 이게 데어드라의 것인가?

라우어캠 (자수 이야기를 하는 것이 기분이 좋아서) 그리하옵니다, 폐하. 형상을 만들고 진홍색 위에 보라색을 입히며, 테두리에 언제나 초록색과 황금색 띠를 두르는데 누구도 데어드라를 따라올 수 없다고 모두 말합니다.

코너하 (약간 언짢아서) 내가 지난번 다녀간 후 데어드라는 에빈 바하에서의 생활을 준비하며 조신하게 지내고 있느냐?

라우어캠 (간략하게) 그건 폐하에게나 저에게나 별로 유쾌하지 않은 질문이옵니다. (솔직하게 말을 하기로 결심하고) 사실을 말씀드리자면 데어드라는 스무 살밖에 안 됐는데도 왕과 결혼할 만큼 천진난만하지 않습니다. 언짢게 생각하지 마십시오, 폐하. 오늘 밤은 데어드라를 만나셔도 별 소득이 없을 것입니다. 지난 두세 달 동안 타일러보았지만 갈수록 더 고집이 강해졌습니다.

코너하 (화가 났지만 그 정도라는 것에 안도하며) 당신이 다가올 미래를 대비하여 그 아이를 제대로 가르치지 않고 있다니 딱한 일이 아닌가?

라우어캠 소인은 40년 동안 폐하를 섬겼습니다. 오늘 밤 아뢰옵건대, 폐하, 데어드라에게 노래를 가르쳐줄 새들이 있고, 햇볕을 쬐며 목욕을 할 강가에 둠벙이 있는데 할머니의 말을 들을 까닭이 없지요. 만약 폐하께서 데어드라의 하얀 피부, 붉은 입술, 파란 바닷물 그리고 데어드라 주위의 고사리들을 보신다면 데어드라가 결코 욕심 많은 폐하 같은 분을 위해 태어나지 않았다는 것을 아실 것입니다.

코너하 그 아이가 무얼 위해 태어났건 상관 하지 않는다. 데어드라는 반드시 내 반려자가 될 것이다. (작업상자를 조사한다.)

라우어캠 (다시 우울해지며) 데어드라가 세상에 재앙을 가져올 거라는 사람들 말이 맞을까 두렵습니다. 연세가 지긋하신 분이 어린 아이와 성인여성에게 주어야 할 사랑을 데어드라 같은 소녀에게 쏟는 것을 보면 민망한 일입니다. 그리고 폐하께서 오늘 이러시는 것처럼 대왕께서 소녀의 자수바늘을 조사하기도 하고 자수의 땀을 세는 것을 보는 것도 민망한 일입니다.

코너하 (일어나며) 나이도 많은데 말을 너무 많이 하지 마라. (방 안에서 왔다 갔다 한다.) 데어드라가 나쁜 예언을 아느냐?

라우어캠 (전과 같은 말투로) 한 번 얘기하고 또 얘기 했지요. 그런데 차라리 태어난 지 10주 된, 언덕에 뛰어다니는 새끼 양에게 말하는 게 낫습니다. . . . 죽음이나 안 좋은 일에 대한 두려움은 데어드라를 길들이지 못합니다.

코너하 (밖을 내다본다.) 저기 오는구나. 내가 데어드라와 잠시 이야기를 나눌 동안 안에 들어가 퍼거스와 함께 있도록 하라.

라우어캠 (왼쪽으로 가며) 제 말씀이 언짢으실지 모르겠습니다만, 데어드라에게 재촉하거나 야단치지 않는 것이 좋사옵니다.

코너하 (아주 퉁명스럽게) 그럴 이유 없다. 데어드라가 밝고 생기발랄하면 나는 만족한다.

라우어캠 (그의 말투에 기분이 상해서) 아주 만족하신다고요? (비꼬는 투로) 나 같은 사람은 늘 진실을 말하고 현명하다는 분들은 늘 거짓말을 하니 이상한 일이죠.

(왼쪽 방으로 들어간다. 코너하는 잠시 거울 앞에서 옷매무새를 가다듬고 약간 왼쪽으로 가서 기다린다. 데어드라가 허름한 옷차림으로 작은 가방 하나와 나뭇가지들을 안고 들어온다. 코너하 왕을 보자 한순간 흠칫 놀란다. 그 다음 그에게 인사를 하고 아무렇지도 않은 듯 불가로 간다.)

코너하 신들의 가호가 있기를 기원한다, 데어드라. 에빈 바하에서 반지와 보석을 주려고 가져왔다.

데어드라 신들의 가호가 폐하에게 있기를 빌어요.

코너하 산에서 뭘 가져왔지?

데어드라 (깊은 자기도취 상태에 있다.) 견과 한 자루하고 새벽에 불 땔 나뭇가지들이죠.

코너하 (자신도 모르게 짜증을 내며) 그런 식으로 울스터의 왕비가 되기에 적합한 법도를 배우고 있다는 거냐?

데어드라 (그의 말투에 약간 반항적이 되어) 전 왕비가 되고 싶지 않습니다.

코너하 (거의 비웃듯이) 너는 농부 차림으로 거위를 기르거나 송아지들을 축사에 몰아넣고 싶어 하는구나. 협곡에 흩어져 사는 평민들처럼 말이다.

데어드라 (매우 반항적으로) 폐하, 그렇지 않습니다. (자수틀로 가서 일을 시작한다.) 저처럼 태어난 처녀들은 자기랑 비슷한 짝을 원할 가능성이 큽니다. . . . 갈가마귀 같은 머리카락과 눈처럼 하얀 피부 그리고 눈밭에 떨어진 피처럼 붉은 입술을 가진 남자 말입니다. . . .

코너하 (자신의 실수를 알아차리고 잠시 후 그녀의 자수를 바라보며 달래는 어투로 말한다.) 어쨌든 왕비라면 누구나 너처럼 색깔을 고르고 천에 수를 놓는 재능을 가지고 싶어 하겠지. (자세히 들여다보며) 무슨 수를 놓고 있는고?

데어드라 (의도적으로) 숲의 공터에서 사냥을 하는 세 명의 청년들이죠.

코너하 (거의 애원하듯이) 너는 곧 에빈 바하의 숲에서 은사슬에 매인 개들을 데리고 사냥하게 될 것이다. 너를 위해 지금 흰색 사냥개들과 울스터, 영국 그리고 서유럽에서 가장 좋은 회색 말들을 기르고 있다.

데어드라 (전혀 흔들림 없이) 울스터, 영국, 그리고 서유럽에서 사냥 실력이 니이시와 그의 형제를 따라갈 자가 없다는 말을 들었어요.

코너하 (매우 진지하게) 니이시와 형제들과 너에 관해 예언된 것을 알면서도 그 사람들 이야기를 하고 또 그 사람들의 수를 놓다니 괴이한 일이 아닌가? 하지만 너는 아는 게 별로 없다. 또 지금부터 네가 뭔가 알아내기 위해, 또는 알지 못해서 낭패를 당하는 일이 없도록 하는 게 내 책임이니 언짢게 받아들이지 않으려고 한다.

데어드라 폐하야말로 현명하십니다.

코너하 나는 엄청나고 무서운 지식을 많이 알고 있다. 내가 너처럼 젊고 항상 즐거운 사람을 선택하는 건 바로 그 이유 때문이다. . . . 너는 날마다 즐겁고 행복하지 않니?

데어드라 잘 모르겠습니다, 폐하. 이곳에도 다른 곳과 마찬가지로 외로운 날과

안 좋은 밤이 있습니다.

코너하 나에게 기쁘고 좋은 날이 드문 만큼 너에겐 슬픈 날이 드물었으면 좋겠구나.

데어드라 할머니들은 착한 어린이는 왕처럼 행복하다고 말하는데, 폐하께서 이곳을 방문하시면서 그런 말씀을 하시는 까닭이 무엇인지요?

코너하 해마다 에빈 성문 앞에 낙엽이 이리저리 뒹굴 때면 나이가 나를 찾아오는 것을 보게 되는데 어찌 행복할 수 있겠는가? 그래서 지난번에 가시금작화가 피고 갈가마귀가 에빈 성 언덕의 물푸레나무에 쌍쌍이 짝지어 앉아 있는 것을 보며 '데어드라가 한 살 더 성년에 가까워질 테고 그럼 내 반려자요 동지가 될 것이다'라고 외치고 나니 기분이 좋아졌다.

데어드라 (거의 혼잣말로) 저는 에빈에서 당신의 반려자가 되지 않을 것입니다.

코너하 (그녀에게 신경 쓰지 않고) 거기서 너는 자랑스럽고 행복할 것이다. 젊은이들이 훌륭한 사냥꾼이긴 하겠지만, 너의 고귀한 가치를 알게 되는 것은 바로 나 같은 사람하고 있을 때라는 것을 배우게 될 것이다. 우리 모두는 안전하고 멋진 장소가 필요하며, 이삼 일이면 너는 에빈에서 그 장소를 갖게 될 것이다.

데어드라 (경악하며) 이틀이라고요!

코너하 방들을 준비시켜 놓았다. 곧 그리로 안내되어 나와 아일랜드의 다섯 왕국의 왕비가 될 것이다.

데어드라 (놀라서 일어서며 애원한다.) 저는 여기에 있고 싶습니다, 폐하. . . . 저를 여기에 있게 해주세요. 저는 이곳의 지리에 익숙하고 협곡의 사람들과도 친합니다. . . . 저는 이렇게 살라고 태어났어요.

코너하 너는 에빈에서 나와 함께 더 행복해지고 더 위대해질 것이다. 나는 너의 동지가 될 것이며, 너를 예언된 큰 재앙으로부터 지켜줄 것이다.

데어드라 나는 에빈에서 폐하의 왕비가 되지 않을 것이며 저의 기쁨은 산에서 자유를 갖는 것입니다.

코너하 너를 속히 데려가는 것이 나의 염원이다. 네가 나에게 와서 나의 거대한 텅 빈 궁전으로 들어가는 것을 볼 날을 생각하는 것도 싫어졌다. 나는 모두에게 너를 소유하기 위한 준비를 하게 했다. 그런데 사람들은 모두 내 마음 한구석에 너를 놓치고 결국 큰 재앙을 당할 거라는 두려움이 있다고 말했다. 데어드라, 그것 때문에 너에게 빨리 오라고 애원하는 것이다. 거짓말을 하지 않는 사람의 말을 믿어라. 내가 너에게 바치는 열정과 마음의 혼란은 어느 누구와도 비교할 수 없다.

데어드라 전 갈 수 없습니다, 폐하.

코너하 (의기양양한 말투로) 울스터의 왕좌에서 오랫동안 기다린 남자로서 너를 얻는 것은 나의 기쁨이다. 여기서 언제까지나 어린이로 남아있는 것보다 에메르 왕비와 매브 왕비처럼 어른이 되어 내 반려자가 되고 싶지 않으냐?

데어드라 폐하는 저를 모르시며, 저를 데려가도 별 즐거움이 없으실 겁니다. . . . 저는 오랫동안 세월이 엄청난 속도로 지나가는 것을 지켜보았습니다. 저는 너무 오랫동안 제 뜻대로 살아왔고, 항상 그렇게 살아갈 것입니다.

코너하 (건조하게) 퍼거스에게 나랑 가자고 하시오. 오늘이 시에브 푸아에서의 너의 마지막 밤이다.

데어드라 (이제 애원하듯이) 폐하, 저에게 좀 더 시간을 주세요. 이 모든 재앙들이 예언되어 있는데 저를 서둘러서 데려가신다니 안타깝습니다. 1년만 주세요, 폐하. 많은 걸 요구하는 게 아닙니다.

코너하 너는 여기서 혼자 쓸쓸하게 자라고 있고, 나는 에빈 성에서 1년 동안 너의 목소리를 기다리는 건 지나치다. 나는 원숙한 남자이고 깊은 사랑에 빠져 있다. 하지만, 데어드라, 나는 울스터의 왕이다. (일어난다.) 퍼거스를 불러서 에빈 성을 아침에 준비가 되도록 하겠다. (왼쪽의 문으로 간다.)

데어드라 (그에게 매달리며) 폐하, 퍼거스를 부르지 마시옵소서. 저에게 1년의 조용한 기간을 약속하시옵소서. 딱 1년만 간청합니다.

코너하 너는 내년에도 그리고 그 다음 해에도 1년만 달라고 간청할 거다. (부른다.) 퍼거스! 퍼거스! (데어드라에게) 젊은 처녀들은 언제나 느리지. 연인이 명령을 해야 한다. (부른다.) 퍼거스! (퍼거스가 라우어캠과 할머니와 함께 들어오자 데어드라는 그에게서 달아난다.)

코너하 (퍼거스에게) 폭풍우가 몰려오고 있다. 아직 밤이 깊지 않을 때 돌아가는 게 좋겠다.

퍼거스 (쾌활하게) 신들이 너를 보호하길 빈다, 데어드라. (코너하에게) 이미 늦었습니다. 그리고 폭우로 물이 불어나고 있는데 폐하께서 징검다리나 산길에서 미끄러질 각오를 하시는 건 합당치 않습니다. (왕이 외투 입는 것을 돕는다.)

코너하 (결정을 내리고 기뻐한다. 라우어캠에게) 여기에 며칠 더 있도록 하라. 그러면 당신과 데어드라를 함께 에빈 요새로 데려갈 것이다.

라우어캠 (순종하며) 폐하의 분부를 따르겠습니다.

코너하 그대들에게 신의 가호가 있기를 빈다. (퍼거스와 함께 나간다. 할머니가 문에 빗장을 건다.)

라우어캠 (얼굴을 가리고 있는 데어드라를 바라보며) 이렇게 되고 말 거라고 하지 않았니? 네가 어른들 말을 듣지 않는 바람에 결혼이 성큼 코앞으로 다가오고 말았다.

데어드라 (불안하여) 내 책임이 아니에요. 유모, 나를 여기서 데리고 나가서 산속에 안전하게 숨겨주시겠어요?

라우어캠 왕은 반나절이면 우리를 찾아낼 것이다. 너는 강제로 왕비가 되고 말 것이고 나는 처형당하고 말 것이다.

데어드라 (눈앞의 현실에 두려워) 코너하 왕에게 맞설 사람이 아무도 없나요?

라우어캠 코너트 왕국의 매브 왕비나 그 비슷한 사람들이라면 가능하겠지.

데어드라 퍼거스가 왕에게 맞설 수 있을까요?

라우어캠 아마도 화가 나면 그럴 수도 있겠지.

데어드라 (갑자기 흥분하여 낮은 목소리로) 니이시와 그의 형제들은요?

라우어캠 (참지 못하고) 니이시와 형제들 생각은 하지 마라. . . . 결국 코너하 왕에게 도전할 수 있는 사람은 아무도 없다. 다 부질없는 이야기다. 만약 누구라도 코너하 왕에게 도전할 경우 얻을 것은 슬픔과 생명의 단축이다. (라우어캠은 돌아서고, 데어드라는 흥분되어 벌떡 일어서더니 가서 창밖을 내다본다.)

데어드라 징검다리가 물에 잠기고 있나요, 유모? 밤에 산에도 폭풍우가 몰아칠까요?

라우어캠 (호기심으로 데어드라를 보며) 징검다리가 물에 잠기고 있다. 오늘 밤은 최근 몇 년 내 최악의 밤이 될 것이다.

데어드라 (벽장을 열고 옷과 자수를 꺼내며) 이 벽걸이를 창문 옆에 걸고 발을 딛는 식탁 아래 깔개를 놓으세요. 그리고 은냄비와 황금컵, 그리고 와인 플라스크 두 개를 꺼내세요.

라우어캠 왜 그러지?

데어드라 (옷가지를 싸며) 빨리 꺼내세요. 오늘 밤 지체할 시간이 없어요. 빨리 꺼내 놓으세요. 방에 들어가 에빈에서 보내온 화려한 의상과 보석을 착용해야겠어요.

라우어캠 지금 밖은 어둡고 폭우가 쏟아지는데 이 시간에 옷을 입는다고? 정신 나갔어?

데어드라 (흥분하여 말을 쏟아놓으며 물건들을 싼다.) 나는 던딜간[2]의 에메르 왕비나 코너트[3]의 매브 왕비가 자기 집에서 입었던 것처럼 옷을 입을 겁니다. 만약 코너하 왕이 나를 왕비로 만들면, 나는 지배자인 왕비로서 스스로 결정을 내려 바닷가로 여행을 갈 겁니다. . . . 깔개와 벽걸이를 펼쳐놓으세요. 오늘 밤 그 위에 서서 주위를 둘러보겠어요. 코너트의 양가죽, 서부의 염소가죽을 펼쳐놓으세요. 나는 어린 아이도, 그리고 노리개도 되지 않을 거예요. 나는 가장 화려한 옷을 입을 것입니다. 왜냐하면 나는 쿠훌린이 말에 멍에를 씌우듯, 또는 카널 서나크[4]가 팔에 방패를 두르듯 에빈 바하로 끌려가지 않을 겁니다. 아마도 나는 오늘부터 벌판에 부는 바람처럼 아일랜드의 남성들을

---

2) 더블린 북쪽의 항구마을. 던달크(Dundalk)로 부르기도 함.

3) 아일랜드의 지방 이름.

4) 아일랜드 신화에서 울스터 사이클에 나오는 '붉은 가지'의 최고의 영웅. 붉은 가지는 울스터의 왕실 경호대 겸 방위군으로 이용되는 엘리트 전사들의 조직이었는데 그 이름은 에빈 바카 요새의 회합실의 이름에서 비롯되었다.

흔들어놓을 겁니다. (방으로 들어간다. 라우어캠과 할머니는 서로 쳐다본다. 그리고 할머니가 가서 문틈으로 데어드라를 들여다본 후 조심스럽게 문을 닫는다.)

할머니 (겁에 질려 속삭이며) 아가씨는 걸치고 있는 누더기를 벗고 알몸으로서 있어요. 머리를 예쁘게 땋고 있어요. 데어드라가 지금 정신이 나간 건가요? 아니면 매브 왕비처럼 왕비로 변신하는 건가요?

라우어캠 (불안한 표정으로 걸개를 걸면서) 데어드라는 지금 미쳤어요. 어쩌면 내가 틀렸을 수도 있지요. 세상을 시끄럽게 하더라도 자신의 즐거움을 위해서 살려고 할 겁니다.

할머니 (그녀를 도와주며) 서두르세요, 데어드라 아가씨가 돌아오기 전에. . . 아가씨가 오늘 저녁까지 아무런 내색이 없었으니 우리가 아가씨보다 먼저 가게 되리라고 아무도 생각 못했지요. 유모님, 왕이 아가씨의 뜻을 꺾을 수 있을까요? 내가 코너하 왕이라면 아가씨 같은 여자와는 결혼하지 않을 거예요.

라우어캠 저걸 창문 옆에 걸도록 하세요. 데어드라가 좋아할 것입니다. 결국 데어드라 같은 사람이 세상을 지배합니다.

할머니 (창문에서) 하늘에 산더미만 한 검은 구름이 있어요. 근년에 이렇게 많은 비가 내린 적이 없지요. 신들이 코너하 왕을 돕기를 기원합니다. 오늘 밤 성으로 가면서 왕의 기분은 좋지 않겠지만 2, 3일 후면 데어드라를 품에 안을 수 있을 것으로 생각하며 스스로 위로하고 계실 겁니다.

라우어캠 이 이야기가 끝까지 가기 전에 코너하 왕은 말할 수 없이 슬프고 고통스러워 할 것이다. (오른쪽에서 크게 문 두드리는 소리)

라우어캠 (놀라서) 누구세요?

니이시 (밖에서) 니이시와 형제들입니다.

라우어캠 여긴 여자들밖에 없습니다. 야심한 밤에 무슨 일인가요?

니이시 숲에서 젊은 처녀를 만났는데, 강물이 길까지 올라오고 홍수가 산 아래까지 덮치면 여기로 대피할 수 있을 거라고 했습니다. (할머니가 공포로 양손을 잡는다.)

라우어캠 (크게 놀라서) 들어올 수 없어요. . . . 여긴 아무도 못 들어와요. 여긴 젊은 여자도 없어요.

니이시 폭풍우를 피하게 해주세요. 들어가게 해주세요. 구름이 걷히면 떠나겠습니다.

라우어캠 동쪽으로 돌아가면 헛간이 있으니 거기서 비를 피하세요. 여긴 들어올 수 없어요.

니이시 (문을 강하게 두드린다.) 문을 열지 않으면 부수겠습니다. (문이 흔들린다.)

할머니 (겁에 질려 속삭이며) 들어오라고 하고, 데어드라는 오늘 밤 방 안에 있게 하세요.

아윈레와 아르단 (밖에서) 문을 여시오! 문을 여시오!

라우어캠 (할머니에게) 들어가서 데어드라를 지키세요.

할머니 전 못합니다. 데어드라는 제 말은 듣지 않아요. 마님께서 직접 들어가세요. 제가 문을 열어줄게요.

라우어캠 나는 여기 있다가 그 사람들을 내보내야 해요. (머리카락과 외투를 얼굴 위로 뒤집어쓴다.) 들어가서 데어드라를 지키세요.

할머니 신들이시여 도와주소서. (방으로 신속히 들어간다.)

목소리들 여시오!

라우어캠 (문을 열며) 들어오세요. 불길한 일이 일어날 겁니다. (니이시, 아윈레, 아르단이 들어와 놀라운 표정으로 둘러본다.)

니이시 이건 부자의 집인데 가축이 한 마리도 없다.

라우어캠 (머리를 반쯤 가린 채 앉는다.) 부자의 집이 아닙니다. 얼른 떠나주세요.

니이시 (옷의 비를 털며 들떠서) 밤의 어두움 속에서 왕자에 걸맞은 안락함을 발견하는 행운을 지금 막 얻었도다! 울스터의 부자가 숲에서 사냥을 하다가 이리 와도 되겠군요. 마셔도 되나요? (물병을 집어 든다.) 이건 누구의 포도주지요? 건배를 제안해도 될까요?

라우어캠 누구의 것인지 아실 필요 없습니다.

니이시 당신의 건강과 장수를 위하여. (세 사람 분의 와인을 따른다. 세 사람은 마신다.)

라우어캠 (매우 화가 난 듯) 당신들은 초대 받지도 않았는데 스스로 환영하고 함부로 질문을 하다니 무례한 청년들입니다. . . . 만약 젊은이가 조용한 곳에서 아름다운 왕비와 즐거운 시간을 보내고 있는데 젊은 남자들이 찾아와 두리번거리면서 허튼소리를 해대면 어떻게 생각하겠어요? 내가 소녀였을 적 울스터 남자들은 당신 세 사람처럼 한창 바보짓 하는 나이에도 예절을 더 잘 지켰습니다. 니이시는 술꾼에다 좀도둑이고 아윈레는 남의 와인 병을 맘대로 따는 사람이라는 게 타라[5]에서 소문이 날 겁니다.

니이시 (그녀의 옆에 앉으며 아주 유쾌하게) 부인의 나이쯤 되면 밤에 코너하왕 같은 분이 팔찌에 침을 뱉고 왕비가 떠오르는 달에 혀를 내밀기도 한다는 것을 아실 겁니다. 우리가 오늘 밤 그런 기분이죠. 와인만으

---

5) 아일랜드의 미드 카운티의 고원지대.

론 만족하지 못합니다. 우리가 여기에 쉬어가도 좋다고 한 아가씬 어디 있죠?

라우어캠 지금 나에게 요구하는 건가요? 우린 체통이 있는 사람들입니다. 나라면 당신이 설사 당신 외투에 달린 금장식을 준다 하더라도 젊은 처녀를 찾아다니게 놔두지 않을 겁니다.

니이시 (금장식을 그녀에게 주며) 어디 있죠?

라우어캠 (그의 팔에 손을 얹으며 은밀하게 속삭인다.) 계곡들이 있는 지대로 들어가서 언덕 세 개가 나란히 있는 곳에서 두 번째 언덕 옆으로 올라가세요. 자갈밭에 난 길을 보게 될 거예요. 그리고 나면 집집마다 개가 짖는 소리를 듣게 될 거예요. 그 소리를 따라 가면 물푸레나무 아래 작은 오두막에 도착할 거예요. 거기에 내가 생각하기에 여러분이 본 젊고 발랄한 처녀가 있어요.

니이시 (유쾌하게) 아가씨와 부인을 위하여 건배!

아르단 부인께서 그 아가씨처럼 젊었던 날을 위하여 건배!

아윈레 (겁먹은 목소리로) 니이시! (니이시가 쳐다보자 아윈레가 손짓을 한다. 니이시가 다가가자 아윈레가 손에 든 황금컵 위의 무엇인가를 가리킨다.)

니이시 (놀라면서 그것을 본다.) 이건 코너하 왕의. . . 테두리에 왕의 문양이 있군요. 왕이 여기 와서 묵으시나요?

라우어캠 (벌떡 일어나 버럭 화를 내며) 그게 코너하 왕의 것이라고 누가 그래요? 당신들 같은 젊은 애송이들이 감히 어디라고 (매우 오만한 태도로 말하며) 여자 애 하나 때문에 염탐하고 다니면서 세상을 시끄럽게 하는 거죠? 무슨 이유로 에빈을 떠나 여기에 온 거죠? (매우 화가 나서) 젊은이들은 마음껏 바보짓을 해도 나무랄 사람이 없다고 생각하는 거겠지.

니이시 (아주 맑은 정신으로) 비가 조금 그쳤나?

아르단 구름이 개고 있어. . . . 협곡 골짜기 사이로 오리온자리가 보인다.

니이시 (아직도 유쾌하게) 문을 열어. 물푸레나무와 바위들 사이의 작은 오두막으로 가자. 빗장을 들고 문을 열어. (데어드라가 아름다운 궁중의상 차림으로 왼쪽에서 들어온다. 잠시 서 있더니 문이 열리자 부드러운 소리로 부른다.)

데어드라 니이시 님! 니이시님, 저를 떠나지 마세요. 저는 슬픔의 데어드라입니다.

니이시 (놀라서 그 자리에서 꼼짝하지 않는다.) 당신이 숲을 돌아다니며 달콤한 목소리로 노래하는 바람에 개똥지빠귀들이 하늘을 원망한다는 바로 그 사람이군요.

데어드라 지금 당신이 바로 그 사람과 이야기하고 있습니다. (라우어캠과 할머니에게) 아윈레와 아르단, 두 왕자님을 우리가 식사를 하는 작은 오두막으로 모셔서 제일 고급으로 맛있는 음식을 대접하세요. 나는 니이시 님을 대접해야 해요.

라우어캠 (그녀의 말투에 압도되어) 그렇게 하지. 그리고 이분들에게 용서를 구해야겠어요. 내가 거짓말을 했습니다.

데어드라 (아윈레와 아르단에게) 잠시 우리 오두막으로 들어가시라고 한 점 서운하게 생각하지 마세요. 코너하 왕의 요리사가 요리한 저녁을 드시고 나면 라우어캠 유모가 매브, 내사 그리고 로우 왕비 이야기를 해주실 거예요.

아윈레 우리는 라우어캠 부인에게 당신 이야기를 해달라고 할 겁니다. 그리고 나서 우리는 기꺼이 아가씨가 원하는 일을 할 겁니다. (데어드라와 니이시만 남고 모두 나간다.)

데어드라 (중앙의 높은 의자에 앉으며) 이리 오세요, 니이시 님. (낮은 걸상을 가리키며) 이게 낮긴 하지만 오늘 밤엔 왕도 에빈 바하 성의 왕좌보다 이 낮은 걸상에 앉고 싶어 할 거예요.

니이시 (앉으며) 당신은 코너하 왕이 울스터의 모든 남자들이 접근할 수 없도록 가둔 페드리미드[6]의 딸이죠.

데어드라 데어드라는 우이시나의 아들들을 파멸시키고 작은 무덤에 홀로 묻힐 것이며, 그 이야기가 영원히 전해질 것이라는 예언을 많은 사람들이 알고 있나요?

니이시 사람들은 모든 재능을 가진 아이, 비길 데 없는 미녀, 데어드라에 관한 이야기를 오랜 세월 동안 했고, 또 지금도 많은 사람들이 알고 있습니다. 아가씨가 이제 왕비 감으로 성장하였으니, 왕들은 큰 값을 치르고라도 오늘 밤 내 자리를 차지하고 싶을 겁니다.

데어드라 많지는 않을 거예요, 니이시 님. . . . 보름달이 떴을 때 저는 숲에 있었는데, 누군가 노래하는 목소리를 들었어요. 저는 치마를 부여잡고 작은 길을 따라 바위 끝까지 달려가서 그 아래로 당신이 진홍색 외투 차림으로 노래를 부르며 지나가는 것을 보았습니다. 당신은 아일랜드의 농부로 불리는 당신의 형제들과 달라 보였죠.

니이시 그래서 당신이 저녁때 우리를 찾아온 건가요?

데어드라 (낮은 목소리로) 니이시 님, 그 이후로 저는 빼앗긴 새끼 양을 찾는 어미 양 같았고, 또 한번은 별에서 새로운 황금과 달에서 새로운 얼굴을 보았습니다. 저는 에빈 바카에 가기 싫습니다.

니이시 (정신을 차리고 약간 뒤로 물러서기 시작한다.) 대단한 사람들과 지낼 운

6) 코너하 왕의 이야기꾼이며 점쟁이.

명을 타고난 당신이 외롭게 이런 곳에서 살 수는 없죠.

데어드라 (부드럽게) 오늘 밤 저는 온 세상에서 가장 좋은 사람들과 있는걸요.

니이시 (아직도 약간 형식적으로) 저야말로 함께 있게 되어 영광입니다. 당신이 에빈에서 왕비가 되면 당신에게 어울리거나 당신의 벗이 될 만한 사람은 없을 테니까요.

데어드라 나는 에빈에서 왕비가 되지 않을 거예요.

니이시 코너하 왕이 당신을 그렇게 만들겠다고 선언했습니다.

데어드라 아마도 그 때문에 나를 큰 슬픔의 소녀, 즉 데어드라라고 부르는지도 몰라요. 당신과 나는 행복한 인생을 살 수 있어요, 니이시 님. . . . 잠시 동안만이라도 가장 좋고 풍요로운 것을 가질 수 있다면 행복할 거예요.

니이시 (매우 고통스러워하며) 우리가 승리를 거두고 또 용감해질 수 있는 시간은 짧습니다.

데어드라 성 안에서 금은보화와 사람들에 둘러싸여 늙어가는 왕에게 나를 남겨두고 떠나지 마세요, 니이시 님. (더 빠르게) 나는 에빈 성에 갇혀 살지는 않을 거예요. 그럴 바에야 차라리 조용함과 죽음에 가까운 생활로 값을 치르는 게 낫지 않을까요. (일어서서 그에게서 멀리 걸어간다.) 저는 오랜 세월 숲속에서 혼자 살았고, 죽음이 별로 두렵지 않아요. 나의 풍요로움은 하늘 높이 올라가는 태양이 질투심으로 빨갛게 타오르게 할 것이고, 쇠약해지는 달을 창백하고 외롭게 만들 정도입니다. (그에게 와서 그의 어깨에 손을 얹는다.) 니이시 님, 모든 사람은 나이를 먹고 결국 소멸에 이르게 되는데 우리의 파멸에 관한 예언이 그렇게 대단한 일인가요?

니이시 하지만 내가 당신을 피와 훼손된 시신들, 그리고 무덤의 흙 이야기로 이끌고 간다면 슬픈 일이지요. . . . 데어드라, 우리는 기다리는 것이 좋지 않을까요? 나는 매일 석양이 질 때 당신을 언덕에서 만나겠어요.

데어드라 (우울한 표정으로) 왕의 전령이 올 거예요.

니이시 전령이 온다고요?

데어드라 내일이나 모레 아침에 틀림없이.

니이시 그럼 떠납시다. 당신 같은 사람을 코너하 왕에게 내줄 순 없지요. 일주일 후에 무덤을 파서 내 거처로 만든다 하더라도 안 됩니다. (밖을 내다본다.) 데어드라 님, 별이 떴어요. 빨리 저를 따라오세요. 스코틀랜드에서 바다의 작은 섬들을 여행할 때 밤마다 별들이 우리의 등불이 될 것입니다. 데어드라님, 당신과 내가 누릴 행복은 비길 데가 없을 것이니 우리는 밤에도, 아침에도, 그리고 해가 중천에 떠오를 때까지 마음껏 사랑을 나눌 것입니다.

데어드라 그런데 내가 늘 살아왔던 이곳을 떠나는 게 두렵습니다. 저 너머의 작은 언덕과 봄이면 문기둥 옆에서 꽃을 피우는 사과나무를 생각하며 외롭지 않을까요? (지금까지 일어난 일에 약간 충격을 받은 듯) 이렇게 젊고 행복한 니이시 님, 당신을 파멸에 이르게 할까 봐 두렵지 않을까요?

니이시 데어드라님, 오늘 밤 이후 당신이 코너하 왕과 에빈 성에 있다면 내가 그대로 계속 살 수 있을 거라고 생각하시나요? 당신의 입술이 눈에 선한데 내가 오늘 밤 토끼사냥을 하러 갈 거라고 생각하시나요? (두 사람이 포옹을 하는데 라우어캠이 들어온다.)

라우어캠 데어드라, 정신이 나갔어요? 오늘 밤 세상을 파멸시킬 작정인가요?

데어드라 (아주 의도적으로) 코너하 왕이 오늘 밤 나를 에빈으로 호출했어요. (니이시에게) 아윈레와 아르단을 오라고 하여 저를 여기서 데리고 떠나주세요. 이제 여기서는 토끼 발자국 소리만 들어도 무서워요. (니이시가 간다.)

데어드라 (라우어캠에게 매달린다.) 유모, 내가 떠나는 걸 나쁘게 생각하지 마세요. 내가 슬리브 푸아에 사는 동안 유모는 좋은 친구였으며 나에게 자유와 기쁨을 주었어요. 언젠가 데어드라를 돌본 이야기를 하며 즐거워하게 될 거예요.

라우어캠 (감동하여) 내가 너와 멀리 떨어져 사는데 아주 기쁠 리가 없지. 네가 힘든 길을 가는 거지만 누가 그걸 피할 수 있을까? 새는 봄에, 그리고 양은 낙엽이 질 때에 짝짓기를 하는데, 젊은 아가씨는 밤낮 가리지 않고 연인과 함께 있어야만 한다.

데어드라 아침에 에빈 성에 가실 건가요?

라우어캠 아니다. 나는 남쪽의 브랜던에 갈 것이다. 그리고 곧 배를 타고 왕래하며 너의 얼굴과 사는 모습을 보게 될 것이다.

(니이시가 아윈레, 아르단, 할머니와 함께 돌아온다.)

데어드라 (니이시의 손을 잡으며) 오빠들, 니이시 님과 예언된 재난을 마주하기 위해 북쪽 스코틀랜드로 갑니다. . . . 에빈 성의 코너하 왕에게 전해 주시겠어요?

아윈레 우리도 함께 가겠습니다.

아르단 데어드라 님, 우리는 당신의 하인이며 사냥꾼이 되겠습니다.

데어드라 한 사람이 아니라 세 사람 모두가 용감하고 기사도를 아시는군요. 유모, 우리를 결혼시켜 주시겠어요? 유모는 말과 법도를 알고 있잖아요.

라우어캠 안 돼요. 내가 뭐가 부족하여 아가씨의 파멸에 끼어들겠어요?

니이시 아윈레에게 우리를 결혼시켜 달라고 하지요. . . . 아윈레는 고명하신 분들과 지낸 적이 있어 법도를 알 겁니다.

아윈레 (그들의 손을 포개며) 일월성신과 온 땅의 이름으로 데어드라를 니이시에게 혼인시킵니다. (한 걸음 물러서서 자기의 양손을 들어 올린다.) 대기와 물과 바람과 바다와 해와 달의 모든 시간이 두 사람을 축복하시길!

(막이 내린다.)

2막

스코틀랜드. 초겨울 어느 이른 아침. 데어드라와 니이시가의 텐트 밖 숲. 라우어캠이 외투를 두른 채 들어온다.

라우어캠 (부른다.) 데어드라! 데어드라!

데어드라 (텐트에서 나오며) 어서 오세요, 유모. . . . 울스터에서 오고 있는 게 누구의 배죠? . . . 나무 꼭대기로 노가 보여서 유모가 이리 오시는 중이라고 생각했어요.

라우어캠 나는 동 트기 전에 비를 맞으며 왔다.

데어드라 그럼 누가 오는 거죠?

라우어캠 (슬픈 목소리로) 놀라거나 나쁘게 받아들이지 마라. 데어드라. 퍼거스 님이 코너하 왕으로부터 니이시와 그의 형제들을 데리고 에빈으로 돌아오라는 평화의 메시지를 가지고 온다.

데어드라 (명랑하게) 니이시 님과 그의 형제들은 여기서 행복하게 지내고 있어요. 그 사람들이 무엇 때문에 울스터의 코너하 왕에게 돌아간다는 건가요?

라우어캠 그런 사람들은 죽음이 서 있는 곳은 어디든지 가려고 한다. (더욱 동요하며) 코너하 왕이 너를 빼앗고 니이시를 죽일까, 그리고 그게 우이시나의 아들들의 최후가 될까 두렵구나. 내가 실없이 그런 걸 두려워하는지도 모르지. 하지만 너를 사랑하는 사람이라면 항상 두려워해야 할 이유가 있다.

데어드라 (더욱 걱정되어) 에빈 성은 나와 니이시에게 안전한 곳이 아닐 것 같아요. 유모, 우리는 숲에서 이렇게 조용히 살고 있는데 왕은 평화를 주려고 하지 않으니 너무하지 않아요?

라우어캠 (강한 어조로) 너무하지. 하지만 너는 내 말대로 지구와 태양과 달을 걸고 코너하가 아일랜드의 왕좌에 앉아 있는 동안은 니이시가 어떤 이유로든 에빈 성으로 돌아가지 않게 하겠다고 맹세해라. 그래야 목숨을 지킬 수 있다.

데어드라 (절망하여) 맹세에는 닥칠 일을 막을 힘이 없어요. 내가 하려는 것에는 코너하 왕과 니이시의 이야기 그리고 노인들의 예언을 바꿀 힘이 없어요.

라우어캠 (단호하게) 코너하 왕과 귀족들이 너의 암흑 같은 운명을 두려워함에도 불구하고 네가 화려한 의상을 입고 니이시와 함께 도망친 그날 밤의 행동에 힘이 없었다고? 그날 밤 너에겐 고통과 고뇌를 줄 수 있는 충분한 힘이 있었다. 이제 네게 니이시를 구할 방도를 가르쳐 주마. 나를 돕겠다고 손가락 하나도 까딱하면 안 된다.

데어드라 (약간 오만하게) 유모, 니이시를 보호할 의지가 있다면 나에게 언성을 높이지 마세요.

라우어캠 (버럭 화를 내며) 니이시를? 나는 까마귀들이 새벽에 니이시의 허벅지를 뼈가 드러나도록 뜯어먹는다 해도 상관하지 않는다. 내가 화를 내는 것은 네가 사랑하는 남자를 잃고 차가운 침대에서 잠을 깨 절망하고 울부짖지 않게 하려는 것이다. (흥분하여 벌떡 일어나며) 물론 니이시 한 사람만의 일은 아니다. 그리고 지금 너를 두려움으로 가득 채우는 니이시의 위험을 생각하는 내가 어쩌면 바보인지도 모른다.

데어드라 (날카롭게) 그만두세요. 그건 바보 같은 소리에 지나지 않아요. 만약 니이시 님이 변을 당하면 나는 그 사람 없이 살지 못할 거라는 걸 잘 알잖아요. (고통스러워하며) 나는 아름다운 밤이면 암소들이 초원에 긴 그림자를 끌고 우리로 들어가는 것을 보고, (감상에 젖어) 또는 아윈레와 아르단이 경쾌하게 뛰어다니며 "행복한 잠꾸러기 왕비 중에 데어드라 같은 이가 있었던가?"라고 말하는 것을 햇볕 속에 누워서 들으며 오늘까지 칠 년을 두려움 속에서 살았다는 걸 유모도 잘 알잖아요.

라우어캠 (완전히 진정되지 않았다.) 그래도 니이시가 선택하면 너는 기꺼이 따르겠지?

데어드라 유모, 여기 머물든 떠나든 무섭긴 마찬가지예요. 이곳은 외딴 곳이지만 우리의 행복은 온전합니다. 그러다가 어느 날인가 오늘이 어제만큼 좋을까, 내일은 작년 이맘때 오늘과 댈 수 있을까, 라고 묻지요. 그리고 유모가 늙고 수척해지고 우리의 기쁨이 영원히 사라질 때까지 이렇게 사는 게 과연 의미 있는 놀이일까 하고 자문합니다.

라우어캠 만약 그것 때문에 마음이 괴롭다면, 나이를 먹는 건 별로 아프지 않다고 말하고 싶구나. 비록 젊은 처녀들과 시인들은 노년의 모습을 싫어하지만 말이다. (열정적으로) 과거를 돌아볼 때를 제외하면 나이를 먹는 게 그리 아프지는 않다. 그리하여 나는 오늘 사랑하는 젊은이들이 어리석음 때문에 마음의 상처를 입는 것을 목격하고 있다. (데어드라에게 간다.) 내 말을 믿고 니이시를 잡아라. 그러면 오늘 밤 붉은 입술과 백옥 같이 하얀 팔을 하고 유쾌한 왕과 쓸쓸한 오솔길을 산책하며 얻는 기쁨보다 할머니가 되어 소리를 지르며 주위를 뛰어다니는 어린 손주들을 보며 더 큰 기쁨을 맛보게 되는 날이 올 것이다.

데어드라 오늘부터 나는 젊은 여인이나, 혹은 나이든 여인의 소소한 기쁨을 갖고 싶어요. 그런데 지금 바닷가에는 니이시와 퍼거스가 함께 있는데 우리가 그런 이야기를 한들 무슨 소용이 있을까요?

라우어캠 (절망스럽다는 듯) 내가 경고를 늦게 했다. 왜냐하면 퍼거스는 달을 설득해서 하늘의 새로운 길로 가게 만들 수도 있는 사람이다. (나무라듯) 이제 그 사람을 막을 순 없을 것이다. 괴상한 이야기이다만 너는 키가 요만할 때부터 너의 목소리에 목숨을 건 사람들에게 고통이고 역병이었다. (걱정으로 압도된다. 외투를 두르며) 내가 우는 것을 나쁘게 생각하지 말아라. 나는 다른 사람들과 달라서 수많은 시체를 보고

서도 눈 하나 깜짝하지 않았다. 그런데 종말이 다가오고 있을 때 기쁨의 시간에 빠져 있는 너를 보니 견딜 수가 없구나. (남루한 차림의 오웬이 급히 들어와 데어드라에게 절을 한다.)

오웬 (라우어캠에게) 퍼거스의 사람들이 아가씨를 부르고 있습니다. 길에서 아가씨를 보았어요. 퍼거스 님과 니이시 님이 할 이야기가 있다고 합니다.

라우어캠 (오웬을 싫은 표정으로 바라보며) 이런 날 아침에 너를 만나다니 불길한 징조다. 하지만 만약 네가 스파이라면 가서 필요한 말을 해야겠다. (나간다.)

오웬 (데어드라에게) 이제 아가씨 혼자로군요. 나는 니이시가 퍼거스 님을 만나는 걸 볼 때까지 3주 동안 습지에서 오한과 기침에 시달리면서 기다렸지요.

데어드라 퍼거스 님 소식은 들었어요. 당신은 무슨 일로 울스터에서 오셨나요?

오웬 (두리번거리다 빵 하나를 발견하고 큰 칼로 잘라 게걸스럽게 먹는다.) 보름달 때문인 것 같아요. 보름달이 내 머리의 갈라진 틈을 쥐어짜고 있어요. 마누라를 찾기 위해 먼 바다를 건너왔는데 머릿속으론 아직 그 자리에 있다고 믿는 사람 있나요?

데어드라 (무심하게) 왕비와 대화하려면 교양을 갖추어야 하는 에빈을 떠나 지 오래 되었겠군요.

오웬 오래되었습니다. 습지 입구 개구리들 옆에서 예법을 잊고 지낸 지 3주가 되었습니다. 3주면 긴 시간이지요. 하지만 아가씨는 니이시와 저 두 사람과 함께 7년을 지냈습니다.

데어드라 (보석을 비단에 싸기 시작하며) 당신의 3주는 긴 시간일 수도 있어요.

하지만 7년은 니이시와 나에게 짧은 세월이었어요.

오웬 (비웃듯이) 7년이 짧은 세월이라 하더라도 아가씨 같은 분은 많지 않을 겁니다. 타라에는 낯선 사람을 만나 그의 눈에서 구애의 불꽃을 보려고 매일 아침 산책을 나가는 왕비가 있었다고 하지요? 말해보세요. (그녀 쪽으로 몸을 숙이며) 그 세월 동안 똑같은 남자가 당신 곁에서 코를 고는 게 그리 좋던가요?

데어드라 (아주 조용하게) 7년을 똑같은 태양이 새벽에 나뭇가지에 빛을 주는 걸 보는 게 그리 좋았느냐고요? 현명한 사람들은 똑같은 것을 짧은 시간 동안만 가질 수 있다는 걸 오히려 가슴 아프게 생각합니다. (경멸조로) 말 많은 바보에게 세상은 어리석은 곳이죠.

오웬 (날카롭게) 좋을 대로 하세요. 여기서 니이시와 푹 썩든지, 아니면 에빈의 코너하에게 가든지. 코너하는 주름살투성이의 배불뚝이 얼간이로 번쩍이는 왕관이 눈이 부셔 눈을 내리깔고 있어요. 니이시는 지치고 지겨워할 겁니다. 데어드라 님, 하지만 길은 많습니다. 내가 당신의 눈길과 목소리의 친절함을 모르고 사느니 차라리 습지의 둠벙에서 태양을 피해 지내는 게 낫겠어요. 너무 외로워 개의 코에 입을 맞추며 산다는 것은 슬픈 일입니다.

데어드라 에빈에는 당신의 친구가 될 만한 여성이 없나요?

오웬 (열정적으로) 당신 같은 사람은 없지요, 데어드라 님. 바로 그 이유 때문에 오늘 밤에 퍼거스와 돌아가실 건지 묻는 겁니다.

데어드라 나는 니이시가 선택하는 곳으로 갑니다.

오웬 (화를 버럭 내며) 모든 게 니이시, 니이시라고요? 말씀드리건대, 언젠가 니이시가 당신을 바라볼 때 그의 양의 눈에 싸늘함이 있음을 보고 놀라게 될 겁니다. 나의 아버지가 가시금작화와 야생화 숲에서 라우어캠에게 키스를 할 때 머리 위에서 작은 새가 노래를 했는데, 지금 라우어캠은 산에 있는 시체로부터 갈가마귀를 날아가게 할 정도가 되었지요. (목소리에서 위엄을 주는 슬픈 외침으로) 데어드라님, 왕비도 나이 먹으면 희고 긴 팔이 사라지고 등이 굽지요. 왕비의 코가 길어져서 턱까지 내려오는 걸 보는 건 안타까운 일입니다.

데어드라 (약간 언짢은 듯 밖을 내다본다.) 니이시와 퍼거스가 길에 오고 있어요.

오웬 나는 가겠습니다. 내가 아가씨와 7년 동안 함께 지냈다면 나는 공중의 먼지와 곤충들에 대해서도 질투했을 것입니다. (외투로 입을 가리며 경고하는 목소리로) 데어드라님, 수수께끼를 낼게요. 어찌하여 나의 부친은 코너하처럼 늙고 추하지 않은지 아세요? 모르시겠어요? . . . 니이시가 아버지를 죽였기 때문이지요. (호기심을 간직한 표현으로) 니이시의 코고는 소리를 듣거나 내가 스코틀랜드나 울스터에서 하는 일에 관한 이상한 이야기를 듣는 밤에 잠에서 깨어 그 생각을 하세요. (밖으로 나간다. 잠시 후 니이시와 퍼거스가 반대편에서 들어온다.)

니이시 (명랑하게) 퍼거스가 코너하 왕으로부터 평화의 메시지를 가지고 왔어요.

데어드라 (퍼거스를 맞으며) 환영합니다. 휴식을 취하세요, 퍼거스 님. 바위들을 넘어 오느라 덥고 목이 마르시겠어요.

퍼거스 스코틀랜드에서 양지 바른 곳을 찾았구나. 너와 니이시를 에빈으로 데리고 돌아가기 위해서라면 누구든 더 높은 바위들을 서슴지 않고 오를 것이다.

데어드라 (예리하게) 그 사람들이 답변을 했나요? 가겠다고 해요?

퍼거스 (온화하게) 아니다. 하지만 내가 젊었을 적에 우린 평생을 다 주고라도 아일랜드에서 몇 달 살고 싶어 했다. 지금까지도 노인들은 머지않아 아일랜드의 높은 하늘과 습지에서 새가 우는 한적한 아침을 맞이할 수 없게 된다는 것 때문에 가장 마음이 무거웠다. 오늘 같이 가자. 게일 사람들이 항상 평화를 느낄 수 있는 곳은 아일랜드밖에 없다.

니이시 (통명스럽게) 그건 맞아요. 하지만 코너하 왕이 에빈 바하에 있는 한 우린 여기가 더 좋아요.

퍼거스 (그에게 양피지를 주며) 이건 코너하 왕의 인장이 찍힌 안전보증서다. (데어드라에게) 내가 코너하 왕에 대한 자네의 보증인이다. 자네는 언제까지나 젊지만은 않을 것이다. 아일랜드의 해변에 소박한 성채를 짓고 왕자의 궁에서 아이를 기르려면 지금이 다가올 미래를 위해 준비를 해야 할 때다. 나이를 먹고 젊음이 가버릴 때까지 방랑하는 것은 즐거움이 아니다. 오늘 밤 가는 게 좋다. 발을 내디디면서 "나는 아일랜드에 있다."라고 말할 때 큰 긍지를 느낄 것이다.

데어드라 코너하 왕이 에빈에서 왕으로 있는 한 나에게 기쁨은 없을 겁니다.

퍼거스 (거의 짜증을 낼 듯) 코널 카르나[7]와 미드[8]의 왕들의 인장을 의심한다는 건가? (외투 속에서 양피지를 꺼내 니이시에게 준다. 더 부드럽게) 두려워하면서 혼자 숲에 있는 건 쉽다. 하지만 한 소심한 여성으로 인해 (데어드라를 비웃듯) 우이시나의 아들들이 왕족의 생활을 못하게 된다면 애석한 일이다. 데어드라, 다가올 미래에 니이시가 에빈에서 어느 왕의 옆에서 백발의 고관인 것을 보게 될 것을 생각해 보아라.

---

7) 아일랜드 신화에 나오는 영웅.

8) 지금의 북아일랜드 지방의 왕국들.

너 같은 왕비가 양지바른 곳에서 왕자들과 장난치며 시간을 허비할 생각만 하고 있다면 이야기는 별로 재미가 없어지지 않을까?

데어드라 (약간 오만하게 돌아서며) 니이시의 선택에 맡기겠어요. (다시 퍼거스를 향해 돌아서며) 퍼거스 님, 연세를 생각해서 떠나주시는 게 좋겠어요. 그렇지 않으면 니이시와 그의 형제들을 배신으로 판 무덤에 인도한 자가 퍼거스 님 자신이라는 말을 죽는 날까지 하시게 될 겁니다. (텐트 안으로 들어간다.)

퍼거스 왕비가 그토록 외로워하고 두려워하다니 안타깝다. (데어드라가 그의 말을 듣지 못한다는 것을 확신할 때까지 지켜본다.) 내 말 좀 들어보게나. 사는 게 권태로워 자네 눈에서 자라게 될 차가운 마음을 데어드라에게 들켜 상처를 주기 전에 꾸물거리지 말고 자네 친구와 남녀 동지들에게 돌아가는 게 좋을걸세. . . . 자네는 여기에 수년간 있었으니 내가 진실을 말한다는 것을 알 거야. (데어드라가 뿔 모양의 와인 잔을 들고 텐트에서 나오다가 니이시가 말을 시작하는 것을 듣고 놀라움으로 돌처럼 굳어진다.)

니이시 (매우 신중하게) 저는 거짓말하지 않겠습니다. 얼마 전까지만 해도 연어낚시를 하거나 토끼몰이를 하다가 데어드라의 목소리에 싫증이 나거나 (아주 천천히) 지겨워하는 것을 데어드라가 보는 날이 올지도 모른다는 두려움을 가졌지요.

퍼거스 (동정하면서도 의기양양하여) 그럴 테지, 니이시. . . . 내 말을 듣게나. 데어드라는 자네의 두려움을 보았고 이제부터는 숲에서 평화를 느끼지 못할 것이다.

니이시 (확신하며) 아직 보지 못했습니다. . . . 데어드라에게 늙는다거나 권태롭다는 생각 자체가 없습니다. 그 점이 나날을 경이롭게 하지요. 그녀에게는 역병이 도는 마을에서도 용기와 웃음이 떠나지 않게 할 정신이 있습니다. (데어드라가 와인 잔을 떨어뜨리고 그 자리에 주저앉는다.)

퍼거스 앞으로는 유머가 사라질 걸세. 자, 말로써 말 많으니 이쯤 해두는 게 좋을 거야. 오늘 밤 에빈 바카에 갈 텐가?

니이시 가지 않겠습니다, 퍼거스 님. 저는 늙고 권태로워져 데어드라에게 기쁨을 얻지 못하는 꿈을 꾸곤 했습니다. 그러나 꿈은 꿈일 뿐입니다. 코너하 왕의 인장과 당신의 에빈 바카 이야기, 그리고 미드의 어릿광대들, 그 모든 것도 마사인 협곡에서의 하루 저녁에 비할 수 있을까요? 우리는 생명과 시간이 닳아 없어질 때까지 여기에 있겠습니다. 저의 이 말을 배에 싣고 가 에빈의 코너하 왕에게 전달해주십시오.

퍼거스 (양피지를 주워 담으며) 가지 않겠다는 거로군.

니이시 네, 안 가겠습니다. 전 두려웠습니다. 겨울도 여름도 가을도 그리고 밤이 될 때까지 숲에 새가 날아다니는 봄에도 두려웠습니다. 그런데 이 대화로 마음이 편해졌습니다. 우리는 어린 나무의 잎사귀들처럼 행복하다는 걸 알았습니다. 그리고 비록 우리가 독수리와 연어와 영국 까마귀와 함께 살고 있지만 언제까지나 영원히 행복할 겁니다.

퍼거스 (화가 나서) 자네 형제들은 어디에 있나? 그들에게도 내 말을 전해주게.

니이시 냇가에서 수달 사냥을 하고 있는 걸 보시게 될 겁니다.

퍼거스 (씁쓸한 말투로) 내가 자네들이 사냥꾼일 뿐이라고 생각한 건 그리 틀린 게 아니었어. (그가 간다. 니이시는 텐트를 향해 돌아서서 데어드라가 외투로 얼굴을 감싸고 주저앉는 것을 본다. 데어드라가 나온다.)

니이시 내가 퍼거스에게 하는 말을 들었어요? (데어드라는 대답하지 않는다. 잠시 침묵. 그는 팔을 데어드라에게 두른다.) 걱정할 것 없어요. 오늘 밤 연어가 흐르는 물에 뛰노는 글렌 다 루아에 갑시다. (무대를 가로질러서 앉는다.)

데어드라 (아주 낮은 목소리로) 우리는 잠시 후 흐르는 물을 따라 여행을 하게 될 것입니다. 그렇지 않으면 우리의 피가 흘러 나가겠지요. (돌아서서 그에게 매달린다.) 새벽에서 저녁까지는 잠깐의 시간이고, 겨울과 여름은 속히 지나가지요. 니이시 님, 당신과 내가 어떻게 영원한 기쁨을 누릴 수 있을까요?

니이시 우리는 생이 다 할 때까지 최고의 기쁨을 누릴 겁니다. 퍼거스 어른의 위대한 활약 이야기도 우리를 다시 에빈으로 데려갈 수는 없습니다.

데어드라 당신은 위대한 활약이 아니라 재난과 밝고 화창한 시긴의 단축을 향해 가고 있어요. 나, 데어드라가 당신을 붙잡을 수 없다니 안타까운 일 아닌가요?

니이시 나는 우리가 영원히 스코틀랜드에 머물 거라고 했어요.

데어드라 영원히 머물 수 있는 곳은 없습니다. . . . 우린 긴 시간을 함께 했어요, 니이시 님. 입을 맞추고, 산행을 하고, 서로 안고 잠들었으며, 풀끝의 6월의 향기에 잠을 깨었으며 가장 높은 나뭇가지 위의 새들의 노래를 들었지요. . . . 우린 오랜 세월을 함께 했어요. 그런데 이제 끝이 왔어요.

니이시 북쪽에서 개똥지빠귀가 날아오고 어린 새가 캄캄한 바다를 향해 날아가는 것처럼, 누가 이유를 물으면 왜인지도 모른 채 여행을 하듯 우리를 에빈으로 가게 하려는 건가요?

데어드라 이미 와버린 결과에는 늘 이유가 있어요. 그리고 니이시 님, 태양이 낮게 뜨고 달이 밤하늘을 지배하는 겨울에 떠나게 되어 아주 기뻐요. 당신과 나는 초록 나무들 뒤에 빛이 있고 가시 위의 딸기가 빨간 울타리를 이룬 곳에서 우리의 마지막 날들을 편안하게 보내고 있잖아요.

니이시 만약 이곳에서의 우리의 시간이 끝나면 아윈레와 아르단 없이 혼자 동부의 숲으로 오세요. 두 연인이 가진 것이 사랑밖에 없을 때 모든 사람들로부터 멀리 떨어져 있는 것이 좋습니다. 오세요. 우린 언제나 안전할 거예요.

데어드라 (마음이 상해서) 세상의 변두리에는 안전한 곳이 없어요, 니이시 님. . . . 나는 조용한 숲에서 사람들이 우리의 무덤을 파서 진흙을 마른 낙엽 위에 던지는 것을 보았어요.

니이시 (그래도 더 열정적으로) 갑시다, 데어드라 님. 우리는 낮과 긴 밤 사이 작은 모퉁이에서 쉴 것이며 안전이나 그 너머의 무덤 생각은 거의 하지 않을 겁니다.

데어드라 (분명하게 그리고 진지하게) 지금 이 시간 우리는 낮과 영원한 잠의 밤 사이에 있습니다. 고개를 숙이고 발을 질질 끌며 가다가 어느 날 감미롭고 다정했던 사랑이 병드는 것을 보는 것보다 죽음을 향해 길을 가는 것이 낫지 않을까요?

니이시 (마음이 심란하여 갈라진 목소리로) 데어드라 당신은 하늘과 땅의 불꽃이요 찬란한 왕관입니다. 죽음이 와서 땅과 하늘의 별들을 잃어버리면 나는 어떡하지요? 안전한 숲으로 들어갑시다.

데어드라 (천천히 고개를 저으며) 사무인 축제 때 밤하늘의 별만큼이나 사랑을 시들게 하는 길은 많지요. 하지만 생명, 또는 생명과 사랑을 짧은 세월 동안 지키는 방법은 없어요. . . . 그래서 연인들이 잠자는 것을 지켜보는 사랑처럼 쓸쓸한 것은 없지요. . . . 그래서 우리는 조수가 백사장에 들어올 때 에빈 마카를 향해 떠나려 합니다.

니이시 (수긍하며) 당신 말이 맞는 것 같습니다. 늙고 졸린 연인들을 보는 건 안타까운 일입니다.

데어드라 (좀 더 부드러운 열정으로) 우리에겐 7년 동안 거친 일도 권태도 없었지요. 그토록 달콤하고 찬란한 7년이었어요. 신들은 우리에게 그런 시간을 1주일도 허락하기 어려울 거예요. 바로 그 점 때문에 영원한 휴식이 있는 에빈에, 많은 사람의 떠들썩한 망각의 장소 에빈에 가려는 것이지요.

니이시 (아주 부드럽게) 견줄 데 없는 사랑이 시들어가는 것을 지켜보는 대신 떠나도록 하겠습니니나. (두 사람은 잠시 부둥켜안는다. 그리고 니이시가 쳐다본다.) 퍼거스 님과 라우어캠 유모와 나의 두 형제들이 있어요. (데어드라가 나간다. 니이시는 고개를 숙이고 앉는다. 오웬이 몰래 들어와 니이시의 뒤로 와 팔을 둘러 붙잡는다. 니이시가 그를 떨치고 칼을 꺼낸다.)

오웬 (비웃듯 큰소리로 웃으며 빈손을 보여준다.) 아, 니이시, 당신을 죽일 수도 있었어요. 깜짝 놀랐지요. 지금 퍼거스를 지켜보고 있는 중입니다. 겁먹지 마세요. 난 그 분이 거절당하고 홀로 떠나는 걸 보려고 왔습니다. (퍼거스와 다른 사람들이 들어온다. 모두 왕비의 장례식에 참석한 사람들처럼 무거운 분위기로 있다.)

니이시 (칼을 칼집에 꽂으며) 저기 오셨군. (퍼거스에게 간다.) 조수가 바뀌면 떠나겠습니다.

모두 돌아간다고요!

아원레 형님은 결국 데어드라와 함께 생을 마치게 될 것입니다. 외딴 곳에 떨어져 있는 사람들의 기분을 북돋우는 데 데어드라를 당할 사람은 없지요.

아르단 나와 아윈레는 형과 데어드라를 위해 7년 동안 하인과 수행원 노릇을 했습니다. 왜 그녀를 코너하에게 데려가려는 거죠?

니이시 나는 데어드라가 원하고 선택하는 일을 해왔습니다.

퍼거스 자네는 아일랜드 다섯 왕국의 현자들이 기뻐할 선택을 했다.

오웬 현자라고요? 저 사람들이 코너하 왕에게 돌아간다고요? 나는 니이시가 우리 아버지의 옆구리를 찌르지만 않았다면 가지 못하게 붙잡고 싶습니다. 물론 그런 짓을 했으니 내 말을 신뢰하지 않겠지요. 코너하 왕에게 간다니! 난 음모와 계략을 알 수 있습니다. 스파이들은 맡은 역할에 대해 후한 보수를 받았습니다. (황금이 든 자루를 내던진다.) 퍼거스 님, 당신은 보수를 받았나요? (금화들을 퍼거스의 몸 위에 쏟아 붓는다.)

퍼거스 저놈이 헛소리를 한다. . . . 붙잡아라.

오웬 (두 사람 사이로 피하며) 안 될걸요. 여러분들, 에빈으로 떠나시죠. 그러나 당신들보다 내가 먼저 갈 겁니다. . . . 죽은 자들이여, 죽은 자들이여! 데어드라의 아름다움을 위해 죽을 사람들이여. 내가 당신들보다 먼저 무덤에 들어가 있겠습니다! (칼을 들고 뛰쳐나간다. 라우어캠만 남고 모두 그를 따라간다. 라우어캠은 밖을 내다보고 양손을 꽉 쥔다. 데어드라가 검은 외투 차림으로 그녀에게 나온다.)

데어드라 무슨 일이죠?

라우어캠 오웬이 이성을 잃고 바위의 끝에서 자신의 목을 갈랐다. 오늘 그의 눈빛이 불길했어. 만약 그 사람이 모든 걸 말했다면, 많은 걸 알고 있는 것이지. (니이시가 다른 사람들과 신속하게 돌아온다.)

아윈레 (매우 흥분한 상태로 들어온다.) 저 사람은 코너하의 흉계를 알고 있었어. 우리는 에빈에 가면 안 돼. 코너하가 데어드라는 사랑하지만 형에게는 증오심을 품고 있어.

퍼거스 바보 미치광이의 말이 신경 쓰이나?

아윈레 왕왕 미친 사람이 현명한 사람보다 더 식견이 있지요. 우리는 코너하의 병령을 따르지 않을 겁니다.

니이시 나와 데어드라는 결정했다. 우린 퍼거스 님과 함께 돌아갈 거야.

아르단 우리는 돌아가지 않겠어. 바닷가에 있는 형의 배를 불태워버릴 거야.

퍼거스 내가 우리 아들들과 배를 지킬 것이다.

아윈레 우이시나의 뿔 나팔을 불면 친구들이 우리를 도우러 올 겁니다.

니이시 내 친구들이 올 거야.

아윈레 형은 정신이 나갔어. 형 친구들은 형의 손을 꽁꽁 묶을 거야. (데어드라가 신속하게 앞으로 나와 아윈레와 니이시 사이로 간다.)

데어드라 (낮은 목소리로) 지난 7년간 우이시나의 아들들은 말다툼으로 언성을 높인 적이 없었어요.

아윈레 우리는 형수를 데리고 에빈으로 가지 않을 겁니다.

아르단 코너하가 우리의 평화를 깼습니다.

아윈레 (데어드라에게) 형이 가는 걸 막으세요. 만약 코너하 왕이 형수를 빼앗아가면 우리는 어떻게 살지요?

데어드라 누구도 나를 도련님들에게서 빼앗아갈 수 없어요. 나는 퍼거스 님과 함께 돌아가기로 결정했어요. 아윈레 도련님, 스코틀랜드에서 지난 7년간 내가 도련님의 왕비였는데 나와 싸울 건가요?

아윈레 (갑자기 누그러지며) 형이 형수를 데려가야 할 이유가 없어요.

아르단 왜 가는 거죠?

데어드라 (두 사람에게 그리고 다른 사람들에게) 그게 내 뜻입니다. . . . 어쩌면 스코틀랜드에서 니이시가 할아버지가 되어 할머니랑 같이 있을 때 젊은 처녀들이 우리를 가리키며 "저기에 젊은 날 엄청난 미남미녀였던 데어드라와 니이시가 있다."라고 하는 말을 듣고 싶지 않은지도 모르죠. 아니면 우리 조상들이 아일랜드 왕들의 시대를 단칼에 종식시켰던 것처럼 우리도 용감하고 영광스러운 날을 단칼에 끝내는 것이 좋을지도 모르죠. 나는 한때 시냇가에서 뛰놀며 물장난을 했던 슬리브 푸아 협곡에 가고 싶기도 해요. (라우어캠에게) 언덕 위 오두막 뒤의 작은 사과나무들을 보면 행복할 것 같아요, 유모. 퍼거스 님, 아일랜드를 떠나 사는 건 참 외롭다는 걸 배웠어요.

아윈레 (수긍하며) 스코틀랜드에서의 7년을 생각하면 이제부터 어디에 가든 우린 외로울 거예요.

데어드라 (니이시에게) 결국은 여기서도 외로울 거예요. . . . 퍼거스 님을 바다로 데려가세요. 그 분은 손님으로서 평화의 메시지를 가져왔는데 차가운 대접을 받았습니다.

퍼거스 우리는 자네의 배가 왕의 항해에 어울리도록 준비해 놓을 것이다. (니이시와 함께 간다.)

데어드라 아윈레, 아르단 도련님들, 창을 가지고 먼저 가세요. 그리고 말 시중 소년들에게 문지방에 걸린 내 외투들을 가지고 가라고 하세요.

아윈레 (복종하며) 춥고 배고파도 늘 기꺼이 운반하던 형수님의 물건들을 우리는 이제 슬픈 마음으로 운반하겠습니다. (물건들을 챙겨 밖으로 나간다.)

데어드라 (라우어캠에게) 유모도 가세요. 유모는 연로하시니 내가 빨리 따라잡을 거예요.

라우어캠 맞다, 나는 늙었다. 내가 자랑스럽게 생각하던 희망은 찢기고 부서졌다. (그녀는 데어드라를 두려움으로 바라본 후 나간다.)

데어드라 (손을 마주잡고) 동쪽의 아름다운 고장, 쿠안의 숲이여, 쿠안의 숲이여! 우리는 7년 동안 오로지 기쁨의 세월을 살았으며 오늘 서쪽으로 간다. 오늘 우리는 죽음을 맞이할지도 모른다. 왕비가 죽는다 하더라도 죽음은 슬프고 정결하지 못한 것이다. (천천히 나간다.)

(막이 내린다.)

3막

에빈 요새 아래 가죽이 낡고 벤치들이 있는 텐트. 양쪽에 그리고 뒤에 입구가 있다. 뒤편 입구는 닫혀 있다. 할머니가 음식과 과일을 들고 들어와 테이블 위에 놓는다. 우측에서 코너하 왕이 입장한다.

코너하 (날카롭게) 나에게 소식을 가져온 사람이 아무도 없느냐?

할머니 아무도 보지 못했습니다, 폐하.

코너하 (할머니가 일하는 것을 잠시 지켜보고 텐트 뒷문이 잠긴 것을 확인한다.) 너는 여기에 있을 필요가 없다. 에빈으로 가거라. (왼쪽에서 소리가 들린다.) 저건 누구지?

할머니 (왼쪽으로 가며) 라우어캠 유모가 돌아왔습니다. 동에 번쩍 서에 번쩍 세상을 다니시는 대단한 분입니다. 그 사람들을 영접하러 가시도록 부탁드렸습니다. 그런데 데어드라 아가씨는 함께 있지 않고 혼자 오십니다, 폐하.

코너하 가서 일 보도록 해라.

할머니 (애원하듯) 소문대로 데어드라가 오늘 저녁에 온다면 저도 보고 싶습니다.

코너하 (성급하게) 머지않아 보게 될 것이다. 지금은 라우어캠과 할 이야기가 있으니 가도록 해라. (할머니가 우측으로 퇴장하면서 라우어캠이 왼쪽에서 등장한다.)

라우어캠 (의심의 눈으로 사방을 둘러보며) 이런 곳에서 폐하를 뵙는군요. 저희들은 먼 거리를 걸어 몹시 피곤한 상태인데, 여긴 니이시와 그의 형제들, 그리고 데어드라가 머물기에 적당한 곳이 아닙니다.

코너하 여행 내내 그 사람들과 함께 있었느냐?

라우어캠 그러하옵니다. 물론 혼례식이건 장례식이건, 아니면 두 가지 모두이건 제가 그 먼 거리까지 여행할 필요는 없는 일이었습니다. (지친 듯 자리에 앉는다.) 폐하나 저나 늙어간다는 건 슬픈 일이지요. 폐하께서 이 추운 밤에 무슨 일을 당하시려고 여기에서 거닐고 계시는지 궁금합니다.

코너하 나는 퍼거스가 북쪽에 머물고 있는지 알고 싶어 기다리고 있다.

라우어캠 (더 날카롭게) 그러하옵니다. 그러한 이유로 저는 폐하께서 오늘 밤 에빈과 아일랜드, 그리고 온 세상에 안 좋은 일을 벌이실 거라고 생각했습니다. (그에게 다가간다.) 데어드라는 긴 여정의 노고로 인해 피로와 땀에 젖어 경황이 없사오니 왕을 만나는 결례를 범하게 하지 마시고 성에 돌아가시는 것이 좋을듯하옵니다. (냉소적으로 웃으며) 아, 폐하, 숲속에서 아름다움은 금세 망가집니다. 만약 폐하께서 오늘 밤 데어드라를 보시면 놀라실 겁니다.

코너하 (거칠게) 데어드라가 창백하고 피곤해 보여도 나는 개의치 않는다. 나는 그 아이를 어릴 적부터 길렀다. 나는 언제든지 그 아이를 만나고 볼 권리가 있다.

라우어캠 권리라고요? 장님에게도 앞을 볼 권리가 있고, 절름발이도 춤출 권리가 있고, 또 벙어리도 노래를 부를 권리가 있지 않나요? 폐하는 데어드라의 입술에서 명령함을 찾아볼 권리가 있다고 주장하십니다. (달래듯이) 성으로 돌아가십시오. 데어드라를 하룻밤 정도 조용히 내버려두십시오.

코너하 (버럭 화를 내며) 나는 가지 않는다. 나는 오랫동안 성 안에서 친구 하나 없이 이리저리 거닐며 미드 지방의 도둑들보다 더 쓸쓸하게 지냈다. . . . 너는 내가 늙고 현명하다고 생각하겠지. 그러나 말해두건대 노인은 죽어야 하며, 진정 갖고 싶어 하는 것을 절대로 놓치려 하지 않는다는 것을 현자들은 안다.

라우어캠 (고개를 끄덕이며) 폐하께서 늙고 현명하시다면, 저도 마찬가지입니다. 제가 말씀드리지만, 인간들을 모조리 죽이고 신들의 살갗을 벗긴다 하더라도 폐하께서는 데어드라를 차지하지 못합니다. 왕이라도 가질 수 없는 것이 있습니다, 폐하. 만약 폐하께서 오늘 밤 일을 벌이신다면 날이 새기 전에 얻을 것은 수많은 죽음뿐이며 폐하의 얼굴도 슬픔으로 얼룩지게 될 것입니다.

코너하 말이 너무 많구나. (우측으로 간다.) 오웬은 어디에 있느냐? 오면서 오웬을 아무데서도 보지 못했느냐?

라우어캠 보았습니다. 그 사람은 니이시를 염탐하러 갔었습니다. 지금은 구더기들이 그의 내장을 염탐하고 있습니다.

코너하 (기뻐하며) 니이시가 오웬을 죽였단 말인가?

라우어캠 아닙니다. 데어드라 때문에 이성을 잃고 자결했습니다. 데어드라 같은 인물이 나오는 이야기에서는 바보, 왕, 학자들이 다 똑같습니다. 오웬은 폐하께서 오늘 밤 에빈에서 벌일 굿판의 첫 시체가 되는 대단한 인물이 될 거라고 생각했습니다.

코너하 첫 시체가 되어야 할 사람은 바로 너다. 그런데 우이시나를 증오하는 가문의 다른 사자들이 오고 있다.

라우어캠 (절망하여 뒷걸음질을 하며) 신들이여 우리 모두를 긍휼히 여기시기를! (무기를 든 남자들이 들어온다.)

코너하 (병사들에게) 아윈레와 아르단은 니이시와 따로 있느냐?

병사들 그러하옵니다, 폐하. 데어드라의 집을 준비하는 데 도움이 필요하다는 구실로 그들을 떨어뜨렸습니다.

코너하 니이시와 데어드라는 오고 있느냐?

병사 니이시는 오고 있습니다. 그와 함께 있는 여인은 떠오르는 달과 지는 해의 영광을 무색케 합니다.

코너하 (라우어캠을 보며) 데어드라가 늙고 추하다는 말은 네가 지어낸 말이지?

병사 그뿐이 아닙니다. (라우어캠을 가리키며) 저 여인은 폐하께서 니이시를 이곳으로 데려오려 하신다는 말을 듣고 북쪽에서 퍼거스를 오게 하려고 말구종을 보냈습니다.

코너하 (라우어캠에게) 네가 그런 잔재주를 부리고 있었구나. 하지만 네가 얻은 건 니이시의 죽음이 더욱 가까워졌다는 것이다. (병사에게) 무사들을 불러서 저 여인을 에빈으로 데려가도록 하라.

라우어캠 저를 여기에 있게 해주십시오. 저는 최선을 다했습니다만, 혹시 나쁜 일이 생긴다면 제가 여기서 데어드라를 돌보는 것이 좋을 듯 합니다.

코너하 (험상궂게) 에빈으로 데려가. 저 여자는 오늘만 해도 온갖 잔꾀를 부렸다. (병사가 그녀에게 간다.)

라우어캠 내 몸에 손대지 마시오. (망토를 두른 후 코너하의 팔을 잡는다.) 저는 퍼거스 님이 와서 데어드라와 니이시 옆에 설 때까지 저의 이야기로 폐하의 행동을 멈추게 할 생각이었습니다. 폐하는 물론 니이시와 에빈 바하를 구하기 위해서지요. 하지만 이제 저는 폐하의 궁전 안에 들어가 (손짓을 하며) 여기에 쐐기풀이 자라고 저기에 엉겅퀴 등의 잡초가 자라게 될 것이라고 말할 겁니다. 저는 폐하께서 왕비의 키스를 받으려고 목을 빼는 상상을 하시던 연회장에 들어가 여기에서 사슴이 뛰놀고 염소가 나무에 등을 긁을 것이며, 북풍이 세차게 불 때 양이 잠에서 깨어 기침을 하게 될 것이라고 말할 것입니다. (사람들을 뿌리친다. 코너하가 병사들에게 놓아주라고 눈짓을 한다.) 가겠습니다. 머지않아 저는 많은 사람들과 앉아서 불꽃이 타오르고 기둥이 부러지는 소리를 들을 것이며 에빈의 종말을 고하는 거대한 화재를 바라보게 될 것입니다. (퇴장한다.)

코너하 (밖을 내다보며) 숲에 사람이 둘 보인다. 니이시와 데어드라일 것이다.

(병사에게) 저들에게 오늘 밤 여기에서 묵으라고 전해라. (코너하가 우측으로 나간다. 니이시와 데어드라가 지친 기색으로 왼쪽에서 들어온다.)

니이시 (병사들에게) 여기가 왕이 나와 데어드라를 위해 마련해놓은 곳인가?

병사 적색궁전[9]은 지금 환기와 청소가 진행 중입니다. 잠시 후에 그쪽으로 오시라는 전갈이 있을 겁니다. 그때까지 이 테이블의 음료와 과일을 드십시오. 신이 함께 하시길. (우측으로 나간다.)

니이시 (돌아보며) 우리는 친구의 자격으로 찾아왔는데 이런 이상한 곳에서 야영하게 하다니.

데어드라 아마도 커튼의 먼지를 털고 화려한 방을 정돈하면서 환영 준비를 하고 있을 거예요. 당신이 왕의 조카이니 의전을 갖추어 우리를 맞이하는 것이 당연하지요.

니이시 (시무룩하게) 왕실의 의전, 화려한 방, 또는 커튼은 별로 필요하지 않아요. 우리는 바람에 흔들리는 고사리와 차가운 시냇물에 익숙하지요.

데어드라 (방을 왔다 갔다 하며) 에빈에서 합당한 권리를 찾아야 해요. (벽걸개를 보며) 우리를 위해 보물을 준비해놓고 있는지는 모르지만 지금 우리에게 기다리라고 한 이곳은 낡은 양탄자와 좀이 먹은 가죽으로 장식된 초라한 장소로군요.

니이시 (약간 성급하게) 우리가 에빈에 돌아온 첫날밤이라 아직 가죽과 나방에 대해 신경 써줄 사람이 없겠지요.

데어드라 (쾌활하게) 당신은 내가 항상 그런 것들을 챙겼다는 걸 행복하게 생각해야 해요. 지난 7년간 나는 당신의 텐트를 벌집이나 홍방울새 둥지처럼 깨끗하게 유지했지요. 만약 코너하 왕에게 나 같은 왕비가 있었

---

9) 에빈 바카에 있는 3개의 궁전 중 하나.

다면 이 따위 넝마조각을 깔아놓고 우리를 맞이하진 않았을 거예요. (벽걸개를 잡아당긴다. 열린다.) 새 흙이 땅바닥에 있고 구덩이가 파져 있어요. . . . 니이시 님, 넓고 깊은 무덤입니다.

니이시 (가서 무덤이 보이는 쪽 커튼을 당긴다.) 저게 에빈에서 우리 집이 될 것입니다. . . . 언덕 끝에 쓰러진 나무로 가릴 수 있도록 아주 교묘하게 팠어요. 퍼거스가 오기 전에 우리를 죽이고 매장하고 싶어 할 겁니다.

데어드라 나를 데리고 도망가줘요. 데리고 가서 바위틈에 숨겨줘요. 금방 밤이 와요.

니이시 (정신을 가다듬고) 내 형제들을 두고 갈 수 없어요.

데어드라 (열정적으로) 우리 두 사람을 질투하는 거예요. 우리가 친구들과 함께 지내던 곳으로 도망가요. . . . 키 큰 고사리들 사이에 함께 숨어 있으면 좋지 않을까요? (니이시를 왼쪽으로 잡아당긴다.) 숲에서 이상한 말소리가 들려요.

니이시 코너하의 무사들일 겁니다. 오면서 그들이 지나가는 걸 봤어요.

데어드라 (니이시를 오른쪽으로 잡아당긴다.) 이쪽으로 오세요. 니이시 님, 들어봐요.

니이시 숫자가 더 많아요. . . . 우리는 포위됐어요. 아윈레와 아르단도 근처에 없어요. 많은 정복을 한 우리 세 사람이 함께 죽을 수 없다니 참담한 일이 아닌가요?

데어드라 (주저앉으며) 당신과 내가 지금 파놓은 무덤 옆에 있다는 게 참담하군요. 물론 스코틀랜드에서 그토록 빨리 지나간 세월 동안 우리처럼 행복하게 지낸 사람들은 없지만요.

니이시 다시는 그 시절로 돌아갈 수 없다니 원통하군요. 하지만 모든 일이

빨리 지나간다는 건 어쩌면 좋은 일이지요. 내가 저 무덤에 들어가고 난 후 머지않아 당신이 우는 일에 지치는 날이 올 겁니다. 그리고 마음이 편안해질 거예요.

데어드라 그 말이 맞는지 알기 위해 여기에 있지는 않을 거예요.

니이시 왕은 오늘 밤 우리 세 사람을 죽일 겁니다. 그리고 두세 달 후엔 당신에게 청혼하기 위해 찾아올 겁니다.

데어드라 난 여기 없을 거예요.

니이시 (결연하게) 왕으로부터 거리를 두세요. 그러다 때가 되면 서부지방 도네갈 어디론가 가세요. 거기에서라면 밤에 혼자 자고 아침에 혼자 기상하는 데 익숙해질 겁니다.

데어드라 그런 말 마세요. 그건 죽는 것보다 더 끔찍해요.

니이시 (약간 성급하게) 한 마디 더 할 게요. 종달새들이 구름 위에서 볏을 세우고 뻐꾸기가 날아다니는 날이 서부지방에 왔을 때 당신이 좋아하는 사람이 생기면 당신이 곡을 하는 것을 내가 좋아할 거라고 생각하지 마세요.

데어드라 (돌아서서 그를 바라보며) 니이시님, 만약 내가 죽게 된다면 당신은 다른 여자로 내 빈자리를 채울 생각인가요?

니이시 (매우 슬픈 듯) 이 세상을 떠나는 게 슬프고 괴로운 일이라는 것, 그리고 당신이 이 땅에서 항상 애도하며 살도록 혼자 쓸쓸히 남겨놓고 떠나는 것은 더욱 슬프고 힘든 일이라는 것 외에는 잘 모르겠어요.

데어드라 당신이 죽을 때 나도 죽을 거예요, 니이시 님. 내가 죽든 살든 에빈에서 당신과 함께 살 수 없다는 걸 알았다면 스코틀랜드를 떠나 여기로 오지 않았을 거예요. . . . 그런데 오늘 밤 당신은 이상하고 낯선 이야기를 하는군요.

니이시 사랑하는 두 친구 사이를 멀리 떼어놓는 데 파놓은 새 구덩이만 한 것은 없지요.

데어드라 그렇다면 그 무덤이 닫힐 때 우리는 영원히 하나가 될 것입니다. 우리 두 연인은 지금까지 권태도, 나이를 먹음도, 그리고 마음의 슬픔도 없이 아름다운 세월을 보냈잖아요.

코너하 (오른쪽에서 들어온다.) 반갑네, 니이시 군.

니이시 (일어선다.) 안녕하십니까, 폐하. 와주셔서 기쁩니다.

코너하 (온화하게) 다른 방들이 준비될 때까지 여기에서 지내라고 한 것을 서운하게 생각하지 말게.

니이시 (속사포 같이) 우리는 폐하가 준비하신 방을 압니다. 우리는 왜 폐하가 폐하의 인장과 퍼거스 님을 스코틀랜드로 보냈고, 퍼거스 님은 북쪽에 남아있게 하셨는지, 그리고 우리 면전에 (커튼을 젖히고 무덤을 가리키며) 저 무덤을 파놓았는지 압니다. 여기는 왜 오셨는지요?

코너하 데어드라를 보러 왔다.

니이시 데어드라를 보십시오. 폐하의 안목은 대단하십니다. 폐하는 스코틀랜드에서 꼬여 데리고 올 사람을 잘 선택하셨습니다. 잘 보십시오. 다 보시고 나면, 폐하가 왕이시지만, 내 열 손가락으로 폐하의 얼룩 거위 목을 졸라버리겠습니다.

데어드라 (두 사람 사이에 끼어들며) 니이시 님, 그만하세요. 폐하는 평화를 원하십니다. . . . 저 사람의 말을 괘념치 마시옵소서, 폐하. 저 사람이 화를 내는 것도 무리는 아닙니다.

코너하 저 친구가 화를 낸다고 해도 신경 쓰지 않는다. 내가 부르면 숲에서 무사들이 올 것이다. 잘 지냈느냐, 데어드라?

데어드라 저희 외로운 세 사람은 저 무덤 아주 가까이에 있는 것으로 보입니다. 그리고 새로 판 무덤 근처에서는 어떤 남자도 여인의 입술이나 증오하는 남자를 생각하지 않을 것입니다. 머지않아 에빈에 폐하의 무덤이 파질 것이고, 만약 아원레와 아르단을 부르신다면 더 쉽게 그 속으로 들어가실 것입니다. 마치 모두 함께 저녁을 먹고 나서 무덤을 가득 채우는 것처럼 말입니다. 폐하는 에빈에 저희 같은 새 친구가 넷이나 있으니 이제부터 마음이 아주 흡족하실 것입니다.

코너하 (잠시 데어드라를 바라보고) 데어드라, 처음으로 네가 우호적인 말을 하는 것을 듣는구나. 그러한 태도야말로 마음을 부드럽게 하고 말을 아름답게 만든다. 오늘 밤 네 말을 듣고 보니 너를 울스터에서 납치해간 니이시를 비난할 마음이 없어진다.

데어드라 (니이시에게) 니이시 님, 공손하게 답변하세요. 우리는 오늘 밤 친구가 될 수 있어요.

니이시 (완강하게) 공손하지 않을 이유가 없습니다. 그대가 원하는 대로 답하지요.

데어드라 (니이시의 손을 잡으며) 그렇다면 나를 슬리브 후아 협곡에서 길러준 코너하 왕을 친구이며 폐하라고 불러야 합니다. (코너하가 니이시의 손을 잡으려고 할 때 비명소리가 들린다.)

코너하 무슨 소란이냐?

아원레 (뒤에서) 니이시. . . 니이시. 도와줘. 우리는 배반당하고 죽는다.

니이시 아원레가 전투를 하며 외치고 있어요.

코너하 오늘 밤 거의 승리했다. 그러나 이제 죽음이 우리 사이에 있다. (나간다.)

데어드라 (니이시에게 매달리며) 전투는 없어요. . . . 나를 떠나지 마세요, 니이시 님.

니이시 그 사람들에게 가봐야 해요.

데어드라 (애원하듯) 나를 떠나지 마세요, 니이시 님. 우리 어둠 속에서 무덤 뒤로 기어가도록 해요. 만약 전투가 벌어진다면, 아윈레와 아르단이 적과 맞서서 패배시킬 거예요. (비명소리가 들린다.)

니이시 (사납게) 아르단이 외치는 소리가 들려요. 내 형제들에게 가는 걸 붙잡지 말아요.

데어드라 나를 떠나지 말아요, 니이시 님. 나를 이렇게 홀로 슬퍼하게 놔두고 가지 마세요.

니이시 왕에게 도전한 사람은 나인데 내가 형제들을 버릴 수 없지요.

데어드라 저도 함께 가겠어요.

니이시 당신은 오면 안 돼요. 전투에 가는 걸 막지 마세요. (그녀를 거칠게 옆으로 밀친다.)

데어드라 (자제하며) 형제들에게 가세요. 7년간 당신은 다정했는데 이제 죽음이 우리 사이를 갈라놓는군요.

니이시 (충격받은 표정으로 그녀를 바라보며) 그렇게 험한 말로 내가 죽음을 맞게 하고 싶은가요?

데어드라 우리는 꿈을 꾸고 있었는데 오늘 밤이 우리를 잠에서 깨웠어요. 조금 후면 우리는 너무 오래 살아온 게 됩니다, 니이시 님. 우리가 무덤의 가장자리를 뛰어다니면서 그 속의 안전을 그리워하는 건 어찌된 일인가요?

아윈레 (뒤에서) 니이시, 니이시. 우리는 공격당해서 파멸한다.

데어드라 그들이 부르는 곳으로 가세요. (한순간 그를 차갑게 바라본다.) 아윈레와 아르단이 숲속에서 잔혹한 죽음 앞에 있는데 빈둥거리며 수다나 떨고 있다니 부끄럽지 않으세요?

니이시 (미친 듯이) 그들은 잔인하게 죽임을 당하지는 않을 겁니다. 남자들하고만 있으니까요. 잔인한 건 사랑에 빠졌던 여자들이지요. 내가 만약 오늘 목숨을 건진다면 동으로 서로 다니며 만나는 여자마다 저주할 것이며, 여자들에게 아름다움을 준 태양과 그들의 망토에 붉은 염색을 입힌 식물들도 저주할 것입니다.

데어드라 (고통스러운듯) 여기엔 니이시가 죽은 날 밤 웃음거리였다는 이야기를 만들어낼 사람이 없어서 기뻐요.

니이시 이야기를 지어낼 사람은 많지 않습니다. 그러나 오늘 밤 당신의 눈에 어린 비웃음으로 인해 에빈 땅에 무덤구덩이가 전염병처럼 퍼질 것입니다. (밖으로 나간다.)

코너하 (밖에서) 니이시다! 쳐라! (큰 소동이 난다. 데어드라가 니이시의 망토 위에 주저앉는다. 코너하가 서둘러 들어온다.) 그자들은 죽었다. 너를 납치해간 세 놈 말이다, 데어드라. 이제부터 너는 에빈에서 나의 왕비가 될 것이다. (뒤로 남자들의 곡소리가 들린다.)

데어드라 (놀라고 겁에 질려) 나는 왕비가 되지 않을 것입니다.

코너하 원한다면 잠시 애도하도록 하라. 머지않아 늙고 외로운 남자인 왕을 연민하는 날이 올 것이다. . . . 나를 두려워하지 마라. 네가 스코틀랜드에서 함께 지낸 친구들에게 깊은 연민을 가지고 있는 점이 내 마음에 든다.

데어드라 저에겐 연민이 있습니다. . . . 오늘 밤 니이시 님을 생각하면 연민이 저를 사로잡고 있어서 왕의 심장이라도 물어뜯을 수 있습니다.

코너하 연민이 잔인하다는 것을 안다. 나 자신에 대한 연민이 니이시를 죽인 것이다.

데어드라 (더욱 거칠게) 연민 없는 저의 말이 니이시 님이 세상 끝날 때까지 어디에도 비길 수 없는 죽음을 죽게 하였습니다. (갑자기 통곡을 하며) 이제 영원히 니이시 님의 입맞춤을 목과 뺨에 받을 수 없는 데어드라에게 누가 연민의 마음을 가질까요? 너도밤나무가 은빛과 구릿빛을 띠고 물푸레나무가 아름다운 황금빛을 띠고 있을 계절에 니이시와 함께 숲에서 보는 석양을 잃어버린 데어드라에게 누가 연민의 마음을 가질까요?

코너하 (당황하여) 내가 연민하고 돌보아줄 것이다. 만약 늙고 슬퍼하는 자가 니이시이고 무덤 속의 나를 데어드라가 애도한다면 괜찮은 거래가 될 거라고 생각하며 마음이 괴롭구나.

(곡소리가 들린다.)

데어드라 (슬픔을 이기지 못하고) 애통해 하는 사람은 저입니다. 데어드라는 늙도록 살지 않을 겁니다.

코너하 오랫동안 애통해 하지 않게 될 것이다. 나는 7년 동안 "스코틀랜드의 숲에 있는 데어드라가 좋아할 화창한 날이다."라거나 "북쪽에서 부는 비바람으로 나뭇잎과 가지가 젖었을 텐데 오늘 밤 데어드라는 어떻게 잠을 자고 있을까?"라고 말했다. 기쁨과 슬픔은 동풍에 불 타 없어지는 짚풀 같은 것인데, 너무 슬픔에 자신을 맡긴 나머지 내가 평생 소중하게 여긴 것을 못 쓰게 만들지 않기를 바란다.

데어드라 (그를 바라보며) 내가 니이시 님과 슬리브 푸아 협곡에서 배를 타고 북쪽 스코틀랜드를 향해 떠났을 때 폐하도 그렇게 슬펐나요?

코너하 한계가 없는 슬픔이 있다. 그것은 늙음과 외로움이다. (지나칠 정도로 간청하며) 에빈에서 너와 나는 밤이면 하프 음악과 노인들의 옛날이야기를 들으며 평화를 얻을 것이다. 데어드라, 나는 황금벽과 구리장식의 천장이 있는 방들을 우리 두 사람을 위해 짓게 하였다. 동부지방에서 지금까지 어떤 왕비도 에빈에서 너를 기다리고 있는 집을 가져본 적이 없다.

병사 (달려 들어오며) 에빈에 불이 났습니다. 퍼거스가 돌아와 사방에 불을 지르고 있습니다. 코너하 왕이시여, 빨리 와보세요. 나라 전체가 파괴될지도 모릅니다.

코너하 (다시 분노한 왕이 모습으로) 우이시나의 아들들은 매장했느냐?

병사 구덩이에 넣었는데 아직 흙으로 덮지는 않았습니다.

코너하 내가 봐야겠다. 텐트를 걷어라. (병사가 텐트를 걷고 무덤을 보여준다.) 나의 무사들은 어디에 있느냐?

병사 에빈으로 갔습니다.

코너하 (데어드라에게) 너를 해칠 사람은 없다. 내가 다시 올 때까지 여기에 있거라. (병사와 나간다.)

(데어드라는 잠시 주위를 살피더니 천천히 다가가 무덤을 들여다본다. 그녀는 쪼그려 앉아 몸을 앞뒤로 흔들며 부드러운 소리로 곡을 한다. 처음엔 그녀의 말소리가 들리지 않다가 나중엔 뚜렷하게 들린다.)

데어드라 당신 세 사람은 이제 노년도, 죽음도 다가오는 것을 보지 않을 테지요. 언덕 꼭대기의 석양이 사라지고 별들이 우리의 유일한 친구였을 때 나의 친구였던 당신들. 마음속의 연민이 없어 비참한 오늘 밤 나는 마음속에서 자작나무와 마른 돌로 비를 피하던 곳에 당신이 지팡이와 외투로 작은 텐트를 만들어주던 시절로 돌아가려 합니다. 이제부터 비 맞아 뒤엉킨 머리카락을 손가락들로 펼쳐 나를 위한 텐트를 만들겠습니다.

(라우어캠과 할머니가 오른쪽에서 몰래 들어온다.)

데어드라 (그들을 보지 못한 채) 나 데어드라는 어두운 곳에서 쭈그리고 앉아 있겠습니다. 니이시와 함께 젊었던 나, 데어드라는 에빈의 무덤에 슬픔을 바칩니다.

할머니 그토록 밝고 명랑한 데어드라가 저렇게 부서졌나요?

라우어캠 저 사람들 무덤 앞에서 울어서 그렇지요. (데어드라에게 간다.)

데어드라 항상 그의 비석 앞에서 애도하는 것은 나의 의무입니다. 나는 바닷가의 작은 항구를 비추는 별과 같은 사랑을 위해 애도하겠습니다.

라우어캠 (앞으로 나오며) 데어드라, 일어나서 아무도 신경 쓰지 않는 틈을 타서 떠나라. 내가 은신처와 너를 호위할 친구들을 찾을 것이다.

데어드라 내가 니이시 님을 떠나 어디로 간다는 말이지요? 니이시가 없는 숲이나 바닷가가 무슨 의미가 있죠?

라우어캠 (간절히 달래며) 그렇다면 내가 양지바른 곳을 찾아주마. 거기에서 너는 모두가 슬픔의 왕비로 부르는 기적의 여인이 될 것이다. 여름이 오면 당당한 자세로 앉아 침묵하기도 하고 꿈도 꿀 수 있을 것이다.

데어드라 니이시 님의 목소리는 여름에 우렁찼어요. 피리소리보다 더 달콤했는데 이제부터는 벙어리이지요.

라우어캠 (할머니에게) 우리 말을 들으려고 하지 않는다. 일어나게 하기 어려울 것 같다.

할머니 우리가 하지 못하면 왕이 전투의 분노로 다가와 그녀를 일으켜 세울 겁니다. 퍼거스가 어찌 왕을 대적할 수 있을까요?

라우어캠 (데어드라를 어루만지며) 여자로 살아야 할 날이 아직 많은데 네가 증오하는 남자 곁에서 살 것인지 서쪽이나 남쪽에서 독립하여 살지 선택하는 것이 필요하다.

데어드라 아윈레와 아르단이 죽었는데 내가 계속 살아갈 수는 없지요. 니이시가 죽었는데 이 세상에서 여생을 보내지는 않을 겁니다.

할머니 (흥분하여) 보세요, 유모님! 불빛이 붉은 궁전을 떠나고 있어요. 왕의 일행이 즉시 소나무 횃불을 들고 결혼식을 거행하러 와서 데어드라의 세 동지들을 비출 것입니다.

데어드라 (놀라서) 세 명의 동지들에게 흙을 부읍시다. 니이시 님과 함께 에빈의 자랑인 아윈레와 아르단 도련님을 함께 덮으세요. (진흙을 퍼 넣는다.) 니이시 님은 세 사람 중에 최고이며, 최고의 남자 중 최고였지요. 니이시 님, 당신의 죽음은 깨끗한 죽음입니다. 어두운 밤이면 도요새와 물떼새 사이에서 당신과 사랑을 속삭였지요. 당신의 머리맡을 떠나지 않을 겁니다. 밤이면 우리는 글렌 다 루아 협곡의 숲에서 별들과 산등성이 정상에서 머뭇거리는 달을 보았죠. 당신의 머리맡을 떠나지 않을 겁니다.

할머니 코너하 왕이 오고 있어요. 불빛이 그의 망토에 반사되어 어른거리는 것이 보입니다.

라우어캠 (적극적으로) 일어나라, 데어드라. 퍼거스 님에게 가야지. 안 그러면 영원히 왕의 노예가 될 것이다.

데어드라 (단호하게) 나는 불에 탄 채 쓸쓸하게 세상을 떠난 니이시 님을 떠나지 않을 겁니다. 하늘에는 불이 꺼졌고 그 아래 땅에는 꽃이 없으며, 사람들이 니이시가 영영 가버렸다고 말하는 이 때 나는 떠나지 않을 것입니다.

코너하 (뒤에서) 데어드라가 여기에 있구나. 잠시 뒤로 물러서라. (코너하가 들어오면서 라우어캠과 할머니가 왼쪽의 그늘 속으로 간다. 흥분하여 데어드라에게) 니이시를 놔두고 앞으로 나오도록 해라. 나는 에빈 바하 성에 검게 탄 통나무와 화재의 냄새, 그리고 많은 왕관 창고에 한 무더기의 쓰레기를 남겨두고 왔다.

데어드라 (주위를 더욱 의식하며) 왕관을 영광스럽게 하는 머리가 여기에 있고 그 머리가 누워있는 자갈들이 오늘 밤 나의 침대가 될 터인데 왕관이나 에빈 바하 성이 무슨 의미가 있나요?

코너하 니이시 이야기는 그만하라. 에빈 성은 파괴되었으니 너를 던달건 성으로 데려가기 위해 왔노라. (코너하가 그녀에게 가까이 간다.)

데어드라 (단호한 말투로 그를 멈추게 한다.) 영원히 젊은 니이시 님에게서 조금 물러나주세요. 내가 진흙 더미와 시든 풀로 덮어놓은 하얀 시신들로부터 조금 물러나 주세요. 끝이 오면 진흙 더미에 나의 자리도 마련될 것입니다.

코너하 (퉁명스럽게) 일어나라. 여기서 울면서 미친 짓 하지 말고 나와 함께 가자.

데어드라 미친 이야기를 만들어낸 것은 바로 당신입니다. 당신은 무기와 당신을 위대하다고 칭송하는 대신들에게 돌아가세요. 여기서 당신은 한낱 노인에 바보일 뿐입니다.

코너하 내가 바보일지는 모르지만, 나에겐 슬픔과 많은 죽음을 통해 얻은 것을 잃지 않으려는 의지가 남아있다. (데어드라를 향해 움직인다.)

데어드라 내 몸에 손대지 마세요.

코너하 다른 손들이 너의 몸에 손을 댈 수도 있다. 내 무사들이 숲에서 포위하고 있다.

데어드라 폐하, 누가 이 어두운 밤에 아직 열려 있는 무덤과 싸우겠다는 거죠?

라우어캠 (흥분하여) 숲에서 발자국 소리가 들려와요. 퍼거스 님과 그의 사람들 소리가 들려요.

코너하 (분노하여) 퍼거스가 나를 멈추게 할 순 없다. 비록 늙고 패배했지만, 나는 그보다 더 강하다.

퍼거스 (데어드라를 향해 들어온다. 숲 뒤에서 붉은 빛이 보인다.) 나는 에빈 성을 파괴했다. 비록 내가 나도 모르는 사이에 니이시를 죽음에 이르게 했지만, 데어드라, 내가 이제 항상 너를 호위하도록 하겠다.

코너하 당신이 그녀를 호위하지 않게 될 것이다. 내 군대 전부가 집결하고 있다. 데어드라, 일어나라. 너는 내 여자다.

퍼거스 (두 사람 사이에 끼어들며) 내가 여기 있소이다.

코너하 (사납게) 내가 니이시와 그의 형제들을 죽였거늘 누군들 살려둘 것 같은가? 퍼거스, 당신은 내가 에빈에서 7년간 분노로 치를 떠는 것을 보고서도 나를 대적한단 말인가?

퍼거스 나는 도적과 반역자를 대적하는 것입니다.

데어드라 (일어서서 에빈에서 오는 빛을 본다.) 내가 슬픔으로 무너지고 말았으니

저리 물러나서 바보들의 싸움을 하세요. (돌아선다.) 캄캄한 밤에 에빈 성의 불이 타오르는 것이 보입니다. 나로 인하여 왕비와 군대와 황금이 있던 황량한 성벽 위에서 족제비와 들고양이가 울 것이고, 사람들은 폐허의 도시와 분노한 왕, 그리고 영원히 젊은 여인의 이야기를 할 것입니다. (주위를 둘러본다.) 잎사귀 다 떨어진 나무들과 밝은 달이 보입니다. 달님이여, 스코틀랜드의 달님이여, 당신은 그토록 사랑스럽게 함께 잠들었던 두 연인, 데어드라와 니이시를 찾아 라오이 협곡의 숲을 샅샅이 찾아 헤매느라 오늘 밤, 내일 밤, 그리고 앞으로 많은 밤을 쓸쓸하게 보낼 것입니다.

퍼거스 (코너하의 오른쪽으로 가서 속삭인다.) 물러나시오. 그렇지 않으면 당신은 실성한 왕비에게 고통을 주는 불명예를 범할 것입니다.

코너하 실성한 사람은 바로 내가 아닌가. 에빈 성은 불타고 있고, 데어드라는 헛소리를 하고 내 마음도 안에서 무너져버렸다.

데어드라 (높고 조용한 어조로) 나는 다 떨어진 진흙투성이 신발처럼 슬픔을 내다버렸습니다. 잉꼬부부들도 부러워할만한 세상을 살았기 때문입니다. 에빈 성의 방에 계신 왕을 불편하게 한 것은 저의 미천할 출생이 아닙니다. 현명하신 코너하 왕에게 간택된다는 건 대단한 일이지만 니이시만큼 용맹한 사람은 없었습니다. 새치를 없애거나 풍치를 막는 건 간단한 일이 아닙니다. (승리한 듯) 우리는 숲에서 최고의 삶을 살았지요. 무덤에서 우리는 안전합니다. . . .

코너하 데어드라는 자해를 할 것이다.

데어드라 (니이시의 칼을 보여주며) 나에겐 폐하가 니이시 님의 젊음을 영원히 가두어버린 감옥을 열 수 있는 작은 열쇠가 있습니다. 물러서세요, 폐

하. 당신의 주군이신 왕이 우리 사이를 갈라놓았어요. (무덤 쪽으로 반쯤 돌아선다.) 슬픔은 예언되어 있었지요. 하지만 언제나 큰 기쁨은 내 차지였어요. 니이시 님, 당신과 함께 있기 위해 나는 추운 곳으로 가야만 합니다. 그렇게 자주 내 목을 따뜻하게 감싸던 당신의 팔은 오늘 밤 차가울 것입니다. . . . 당신의 귀는 내 말을 들을 수 없는데 나는 불쌍하게 큰소리로 떠들고 있습니다. 폐하, 오늘 밤 당신은 끔찍한 일을 저질렀습니다. 하지만 한 가지만은 인생과 세상의 끝까지 기쁨과 승리가 될 것입니다. (칼로 가슴을 찌르고 무덤 속으로 떨어진다. 코너하와 퍼거스가 다가간다. 붉은 빛이 스러지고 무대가 매우 어두워진다.)

퍼거스 네 개의 하얀 시신이 함께 눕혀져 있다. 아일랜드에서 네 개의 밝은 불이 꺼졌다. (무덤 안으로 그의 칼을 던진다.) 여기 당신들을 지키지 못한 칼이 있다, 언제나 다정했던 네 명의 친구들이여. 에빈 성의 불이 꺼졌다. 데어드라는 죽었는데 애도할 사람이 없다. 이게 데어드라와 우이시나의 자식들의 운명이다. 왕이시여, 오늘 밤 우리의 전쟁은 끝났습니다. (퇴장한다.)

라우어캠 저에게 폐하가 쉬실 작은 오두막이 있습니다. 이슬이 몹시 찹니다.

코너하 (노인의 목소리로) 안내하라. 앞이 잘 안 보이는구나.

할머니 이리 오십시오, 폐하. (모두 퇴장한다.)

라우어캠 (무덤 옆에서) 데어드라도 죽었고, 니이시도 죽었다. 만약 참나무와 별들도 슬픔으로 죽을 수 있다면, 에빈의 오늘 밤은 나무 한 그루 없는 캄캄한 밤이 될 것이다.

(막이 내린다.)

존 밀링턴 싱 연표

1871 4월 16일 존 해치(John Hatch)와 캐슬린 싱(Cathleen Synge)의 막내아들로 더블린에서 출생.

1889 더블린의 트리니티 칼리지(Trinity College)와 왕립 아일랜드 음악학교(Royal Irish Academy of Music)에 등록함.

1891 왕립 아일랜드 음악학교의 학생 오케스트라에 가입, 최초로 음악회에서 연주를 하고 독일어를 배우기 시작함.

1894 처음으로 희곡을 집필. 음악에서 문학으로 전환.

1895 소르본 대학에서 불어와 문학과목을 수강함.

1896 3개월간 이탈리아에서 예술과 문학을 배움. 위클로우 카운티에서 여름을 보내고 공부를 위해 소르본으로 향함. 12월 21일, 예이츠(W. B. Yeats)를 만남.

1897 12월, 호르몬샘 문제로 수술을 받음. (처음으로 호지킨병 증세가 나타남.)

1898 5월 10일 ~ 6월 25일 애런 제도를 처음 방문. 11월에 그가 1903년까지 거주하게 될 파리의 집을 세 얻음. 앙드레 브르통(André Breton)을 연구하고 애런 제도에 관한 글들을 출판하기 시작함.

1899 더블린의 Irish Literary Theatre 극장에서 제작한 예이츠의 『캐슬린 백작부인』(*The Countess Cathleen*)을 관람. 애런 제도의 중간 섬 이니시만 섬에서 3주반을 지낸 후 11월 파리로 돌아감.

1900 위클로우 카운티에서 여름을 보낸 후 이니시만 섬에서 한 달간 머문 후 11월 파리로 돌아감.

1901 레이디 그레고리, 예이츠와 함께 쿠울에서 1주일을 보내고 애런 제도로 여행, 한 달간 머문다. 더블린으로 돌아와 Irish Literary Theatre가 제작한 예이츠와 무어의 『디아르무이드와 그라니아』(*Diarmuid and Grania*) 관람. 『애런 제도』(*The Aran Islands*) 원고를 가지고 런던을 거쳐 파리로 돌아감.

1902 『바다로 가는 사람들』(*Riders to the Sea*), 『협곡의 그늘에서』(*The Shadow of the Glen*)와 『땜장이의 결혼식』(*The Tinker's Wedding*) 초고 집필. 애런 제도의 이니세어 섬에서 3주를 보냄.

1903 『바다로 가는 사람들』이 출판됨. 『협곡의 그늘에서』가 Irish National Theatre Society에서 공연됨.

1904 『바다로 가는 사람들』이 Irish National Theatre Society에서 상연됨. 『협곡의 그늘에서』가 출판됨.

1905 『성자의 샘』이 상연되고 또 출판됨. 9월에 Irish National Theatre의 연출자 중 한 명으로 선출됨.

1906 막스 마이어홀드(Max Meyerhold) 번역의 독일어판 『성자의 샘』이 베를린에서 공연됨. 카렐 무젝(Karel Musek) 번역의 『협곡의 그늘에서』가 체코 프라하에서 공연됨.

1907 『서부지방 제일의 사나이』가 1주일간 공연됨. 『애런 제도』(*The Aran Islands*)가 출판됨. 『서부지방 제일의 사나이』에서 페긴 마이크 역을 연기한 몰리 올긋(Molly Allgood)과 약혼함. 목 부분의 호르몬샘 제거 수술을 받음. 『땜장이의 결혼식』이 12월에 출판되었지만 더블린의 애비극장(The Abbey Theatre)에서 공연하기 어려운 것으로 평가됨.

1908 5월에 복부 수술을 받음. 수술 불가능한 종양이 발견되었다는 통보를 받음. 10월, 모친 사망.

1909 38세의 생일 3주전 3월 24일 사망. 6월, 『시편들과 번역』(*Poems and Translations*)이 출판됨.

1910 『슬픔의 데어드라』가 몰리 올긋, 레이디 그레고리(Lady Gregory), 예이츠에 의해 원고상태로 정리되고, 몰리가 데어드라 역으로 출연하여 공연되고 7월에 출판됨.
11월, 『존 밀링턴 싱 전집』 4권이 출판됨.

작품해설

존 밀링턴 싱은 1871년 4월 아일랜드 수도 더블린이 가까운 라스판함에서 존 해치와 캐슬린 싱 부부의 4남매 중 막내로 출생하였다. 부친을 일찍 여읜 싱 가족은 위클로우 카운티의 외할머니 동네로 이사를 하고, 그곳에 정착하여 싱이 트리니티 칼리지에 입학할 때까지 거주한다. 이후 위클로우 카운티는 싱에게 정든 고향처럼 인식되었고, 집을 떠나 프랑스와 독일에서 공부를 하다가 방학이 되어 돌아올 경우 어김없이 이곳으로 돌아와 여름을 지내곤 했다. 싱이 소년일 때 보인 첫 번째 재능은 음악이었다. 열여섯 살이 되던 해 바이올린을 배우기 시작했고 음악학교에 등록하였다. 싱은 언어와 문학에도 취미가 있었으며 더블린의 트리니티 칼리지에서 게일릭 어와 아일랜드의 고대에 관한 공부를 하였다. 칼리지를 졸업한 후 싱은 독일 · 이탈리아 · 프랑스에서 문학과 예술을 공부하였으며, 문학에 점점 더 깊이 몰입하고 희곡 습작을 시작하였다. 스물세 살이 되는 1894년에 그는 음악에서 문학으로 전향하여 시와 희곡을 쓰는 등 본격적인 창작활동에 돌입한다.

싱에게 문학, 특히 극작에 가장 큰 영향을 준 사람으로 윌리엄 버틀러 예이츠(William Butler Yeats)와 레이디 그레고리(Lady Gregory)를 들 수 있다. 두 사람은 1896년 처음으로 만나 아일랜드의 전통적 존엄성을 회복하기 위해 예술운동을 시작하기로 결심하는데, 그 운동의 일환으로 애비극장을 본부로 하는 신극운동을 시작한다. 프랑스 파리에서 문학을 공부하던 싱에게 예이츠가 한 말은 그의 드라마의 경향을 결정하는 중요한 계기가 된다. "파리를 포기하게나. 라신느를 읽어서는 아무것도 창작하지 못할 걸세. 그리고 자네가 아서 시몬즈만 한 프랑스 문학 비평가는 될 수 없네. 애런 제도로 가게. 거기서 그곳 사람인 것처럼 살게. 한 번도 표현된 적 없는 삶을 표현하게." 예이츠가 싱에게 준 메시지의 의미는 첫째 자신이 가장 잘 아는 세계를 꼼꼼히 들여다보고 작품으로 써야 한다는 것이고, 둘째로 아무도 쓰지 않은 것을 써야 한다는 것이다. 싱은 1898년 5월 처음으로 한 달간 애런 제도의 이니시모어 섬과 이니시만 섬을 방문하고, 그 후 1899~1902년까지 총 5년에 걸쳐 4개월 반 동안 세 개의 섬을 두루 다니며 민담과 전설 등 창작을 위한 자료를 수집하였다. 그 자료집 『애런 제도』가 예이츠의 권유로 1907년 출판된다. 『서부지방 제일의 사나이』, 『성자의 샘』 등의 작품의 기초 자료는 이 책에 소개되어 있어 싱의 극작과정을 엿볼 수 있는 귀중한 자료가 된다. 이 당시에 싱이 발표하고 애비극장에서 공연한 작품들은 아일랜드인의 자존심을 건드리는 주제와 언어로 인해 공연이 중단되기도 하고 상당한 논란거리가 되기도 하였지만, 우수한 작품성으로 번역되어 다른 나라에서 공연되기도 하였다. 싱이 호지킨병으로 요절하였을 때 예이츠는 싱의 연극운동에 대한 기여를 친정하며 애비극장은 '싱의 극장'이라고 말하기도 했다.

존 밀링턴 싱의 작품을 이해하는 데 필수적인 사항 중 하나는 그의 기독교 신앙의 포기와 연관이 있다는 것이다. 싱의 자전적 기록에 의하면 그가 기독교 신앙을 절대 선으로 믿지 않기 시작한 것은 열네 살 때였다. 그 이전까지 싱은 지옥의 개념과 자신의 죄악에 괴로워하는 수줍음 많고 소극적인 소년이었다. 찰스 다윈의 『종의 기원』으로 추정되는 책에서 인간의 손과 새, 박쥐의 날개의 유사성을 '진화'라는 개념으로 설명하는 것을 보고 싱의 세계관은 흔들리기 시작하였다. 그 이전의 싱은 의심이 전혀 없는 완벽한 기독교인이었으면 무신론자가 무엇인지조차 모르는 순수한 영혼의 소유자였다. 신은 자신이 읽은 책을 집에 두지 않고 아무도 모르는 곳에 숨겨두었다고 한다. 싱보다 20년 정도 후에 활동을 한 숀 오케이시(Sean O'Casey)의 작품에도 19세기말, 20세기 초 다윈의 종의 기원이 아일랜드 사회, 특히 종교에 미친 영향을 엿볼 수 있는 인물들이 나온다.

싱의 희곡은 자연 속의 인간의 모습에 초점을 맞추고 있다. 그의 인물들이 있는 곳은 자연이다. 그 자연이 바다이거나 협곡이거나 숲이거나 그의 인간은 자연 속에서 태어나서 자라고 나이를 먹다가 자연으로 돌아간다. 때로 인간은 자연에 의해 파괴되지 않으려고 저항하고 발버둥치는 모습을 보이지만 자연은 이미 인간의 소멸을 거대한 섭리 안에 내포하고 있다. 『말을 타고 바다로 가는 사나이들』은 바다가 가장 가까운 섬에서 태어나 바다를 마주하고 성장하고 바닷길을 다니며 살아가다가 결국 바다로 돌아가는 인간을 그린다. 여기서 바다는 존재와 운명의 세계로 불릴 수도 있다. 이 작품은 단막극임에도 불구하고 그 성숙도가 뛰어나 아일랜드는 물론 서양 연극사를 통틀어 꼭 읽고 이야기를 나누어야 할 작품으로 평가된다. 주인공 모리야는 인생의 삶과 죽음을 온몸과 마음으로 겪으며 평생을 살아온 어깨에 지고 가는 큰 인물로 문학작품에 나오는 유명한 여성인물, 예를 들어 메데아, 맥베스 부인, 헤다 가블러 등과 견줄 수 있을 폭과 깊이에 있어 뒤짐이 없는 인물이다.

역자에게 잘 아는 연극계 선배 한 분이 계셨다. 그분은 대학 연극동아리에서 이 작품 올리는 과정에서 연극의 매력에 흠뻑 빠져 그때부터 연극을 전공하고 나중에 교단에 섰노라고 회고하였다. 그만큼 이 작품이 주는 운명에 대한 통찰력은 관객의 폐부를 찌른다. 앉은 자리에서 읽거나 극장에서 관람하거나 40~50분이면 완결될 이 작품의 매력은 간결함에 있지만 그 간결함에 담겨진 삶과 죽음의 진실은 바다처럼 깊다. 모리야는 시아버지와 남편을 비롯해 남자 가족을 하나씩 차례로 바다에 수장시키며 나이를 먹어온 섬마을의 아낙네이다. 그녀의 가슴 속에 사무치는 슬픔은 평생을 통해 삭여지고 정화되어 인생의 관조와 체념, 그리고 수용의 단계에 이른다. 모리야가 바다로 떠난 바틀리를 축복하러 갔다가 마이클이 끌고 가는 조랑말 등에 탄 실종된 마이클의 환영을 본 것은 그녀의 육안이 아니라 평생 겪은 고통을 통해 크리스털처럼 투명해진 그녀의 영적 안목이다. 그녀에게 삶은 출산의 고통과 기쁨에 이은 여윔의 슬픔과 고통으로 요약된다. 마지막으로 바틀리마저 바다에 빠져 죽은 시체로 돌아오자 모리야는 이제 모든 근심 걱정을 내려놓고 편하게 잠들 수 있다는 말을 한다. 그녀의 삶은 지구상 모든 어머니의 삶을 하나로 뭉쳐 놓은 것이고, 그녀의 곡소리는 모든 어머니의 슬픔의 노래이다. 그녀의 자궁은 생명의 발생지이면서 동시에 죽음의 시발점이다. 아일랜드 드라마에는 부조리극의 특성이 심심찮게 발견되는데, 1903년에 발표된 이 작품도 부조리극의 씨앗을 배태하고 있다. 사무엘 베케트의 『고도를 기다리며』(*Waiting for Godot*)에는 여인은 “무덤에 걸터앉아 출산을 한다.”라고 말하는 대사가 있다. 평생 가족을 위해 걱정과 염려를 안고 살다가 끝내 눈물과 통곡으로 마감하는 것이 그녀의 삶 전체였다. 모리야는 단순한 여성이 아니라 슬픔으로 여신의 경지에 이른 여인이다.

『협곡의 그늘에서』는 싱이 애런 제도를 여행하면서 채집한 이야기를 실제로 극화한 것이다. 거의 같은 내용의 실화를 약간만 수정한 것인데, 싱이 『애런 제도』에 수록한 이야기에 따르면 죽은 척 하던 노인을 두고 밖에 나갔던 아내는 젊은 남자를 데리고 와서 성관계를 하다가 남편과 손님이 합세하여 폭행을 행사하는 것으로 되어 있다. 이 작품에서도 인생의 기본적인 문제, 즉 시간의 굴레를 벗어나지 못하고 노년과 죽음을 맞이해야 하는 인간의 숙명을 엿볼 수 있다. 노라 버크는 나이를 먹은 남편과의 결혼생활에서 쓸쓸함 외에는 어떤 것도 발견하지 못한다. 그녀에겐 젊음을 함께 구가할 젊은 동반자가 필요했다. 이 작품에 그려진 협곡은 그녀의 외로움을 채워줄 수 없는 고독의 자연이다. 그녀는 차라리 뜨내기와 방랑을 하며 걸식을 하더라도 노인과 한 집에서 살기보다는 누군가와 동행하기를 원한다.

『땜장이의 결혼』은 가톨릭교회에 대한 싱의 반감이 여실히 드러나는 작품이다. 마이클 번과 사라 케이시는 땜장이 부부이다. 결혼을 하지 않았지만 이미 오래 함께 살며 아이들도 낳았다. 사라는 여성으로서 정식으로 혼인하여 결혼한 부인으로서의 자신의 입지를 확고히 하고 싶어 한다. 작가는 두 사람의 결혼식을 치르기 위한 가톨릭교회 신부와의 흥정 과정을 통해 성직자의 탐욕을 풍자적으로 그린다. 사실, 이 두 사람은 안정된 사회계급이나 축적된 부를 가진 공동체 구성원이 아니라 정처

없이 여기저기 떠도는 부랑자 신세의 땜장이들이다. 그러므로 신부가 이들에게 결혼식 비용을 요구한다는 것은 무리한 일이다. 성직자 비판을 한층 더 높이는 방법으로 등장한 인물이 술주정뱅이인 마이클의 어머니 메리 번이다. 메리 번은 결혼식을 주재하는 값으로 신부에게 주려고 만든 깡통을 술과 바꿔먹고 그 대신 자루 속에 빈 술병을 넣어놓는다. 신부가 나중에 속은 걸 발견하고는 결혼식 주재를 거부하고 경찰에 신고하겠다고 협박한다. 사람들은 신부를 줄로 결박해놓고 달아난다.

『성자의 샘』은 맹인 거지 부부의 시력이 성자가 눈에 샘물을 발랐을 때 회복된다는 재미있는 발상으로 시작되는 블랙코미디이다. 막이 오르자 남편 마틴 다울은 한 시간, 아니 1분만이라도 눈을 떠서 자신들을 볼 수 있고, 그래서 근동에서 자신들이 가장 잘생긴 남녀라는 걸 확인하게 되면 눈뜬 사람들이 아무리 맹인이라고 흉을 봐도 전혀 개의치 않을 것이라고 한탄한다. 대장장이 티미가 그들에게 한 성자가 기적의 샘물로 시력을 회복하게 해준다는 소식을 전하고, 실제로 그 성자의 도움으로 두 사람은 눈을 뜨게 된다. 시력을 회복한 부부는 서로 미녀 미남인 줄 알았던 배우자의 늙고 추한 몰골에 실망하고는 헤어져서 각자 떠돌이 생활을 하게 된다. 더욱 힘든 것은 그들이 보고 싶었던 세상이 아름답기는 커녕 온갖 추악한 것들로 가득 차 있을 뿐만 아니라 먹고 살기 위해 땀 흘려 일해야 한다는 현실에 과거를 갈망한다. 마틴은 눈을 뜬 후의 하루하루가 추악한 나날이라고 투덜거린다. 그는 맹인들이 우중충한 하늘을 보지 않아서 좋고, 자기 아내처럼 코가 빨간 사람들을 바라보지 않아도 되니 좋고, 눈곱이 끼고 눈물을 흘리는 눈을 보지 않아도 되어 좋다고 말한다. 그들의 시력이 다시 쇠퇴하여 맹인이 되었을 때 두 사람은 다시 현실이 아닌 환영의 세계에 안착하여 잃었던 행복을 되찾는다. 두 번째로 성자가 나타나 다시 눈을 뜨게 해주겠다고 제안했을 때 부부는 완강하게 거절한다. 성자가 아내만이라도 눈을 뜨게 해주려고 하자 남편 마틴은 성자의 물통을 쳐서 물을 엎지른다.

이 작품에서 또 하나 볼만한 장면은 독신자가 된 마틴이 젊은 아가씨 몰리 번과 애인이 되어보려고 사용하는 현란한 구애의 언어이다. 그는 몰리를 세상의 어떤 남자도 보지 못한 방법으로 보고 있다고 주장하며, 그녀는 "배를 바다에서 끌어들이는 등대"라고 부르며 그녀를 볼 때마다 자신에게 시력을 준 성자와 주 하나님께 감사와 찬송을 드린다고 말한다. 몰리는 한동안 그의 언변에 도취되어 정신을 못 차리다가 마틴이 팔을 잡아당길 때 깨어나 그의 유혹을 강하게 거부한다.

『성자의 샘』의 기원이 되는 이야기의 기초자료는 1898년 싱이 애런 제도를 처음 방문했을 때 맹인 치료의 기적을 만들 수 있다는 샘을 보게 된 일화라고 한다. 그가 제도를 여행하면서 채집한 일화 중에는 이 작품의 재료가 되었을 법한 이야기가 수록되어 있다. 맹인 아들을 둔 어떤 어머니가 꿈에 기적의 치료효과가 있다는 샘을 보고 본토에서 애런 제도까지 배를 타고 찾아와 기도한 후 샘물로 아들의 눈을 씻기자 아들이 그 즉시 눈을 뜨게 되었다고 한다.

『슬픔의 데어드라』의 내용인 데어드라 이야기는 아일랜드의 전설 중 가장 많이 알려진 민담인데, 싱 외에도 예이츠를 비롯한 여러 작가의 상상력을 통해 작품으로 쓰였다. 데어드라 민담은 미래가 예정된 인간의 운명을 알면서 따라가야 한다는 점에서 오이디푸스 왕 이야기를 생각나게 하는 면이 있다. 데어드라는 출생할 적부터 수려한 용모로 많은 사람의 죽음과 추방의 원인이 되고 나라에 큰 화를 가져올 아이로 예언되었다. 그렇지만 코너하 왕은 데어드라를 죽이는 대신 왕비가 될 수 있는 처녀가 되기까지 유모를 선정해 시골에서 기르도록 명령한다. 그런데 성장하여 혼기가 가까워진 데어드라는 왕이 데려가겠다고 한 다음 날 우이시나의 세 아들 중 장남인 니이시와 만나 첫눈에 사랑에 빠져서 그와 함께 스코틀랜드로 도피하여 7년간 숨어사는 생활을 한다. 결국 왕의 계략에 말려들어 귀국하게 되고 왕의 잔인한 복수로 몰살하게 된다는 내용이다.

여러 개의 상징과 대조가 이 작품에서 데어드라의 세계와 왕의 세계가 양립할 수 없음을 암시한다. 코너하 왕과 데어드라의 나이 차이다. 나이 60이 된 왕과 소녀의 혼인은 그 자체로 노쇠와 활력의 대비를 이루며, 궁정생활밖에 모르는 왕과 산 속을 뛰어다니며 사냥과 채집생활을 사랑하는 데어드라는 도회지와 전원이라는 극단적인 환경의 대조를 이룬다. 왕은 궁정생활에 젖은 권력과 음모, 부귀영화와 사치환락의 존재인 데 비해, 데어드라는 나뭇가지와 견과류를 주우러 다니는 시골 아가씨이다. 왕이 성에 살며 장군, 귀족, 왕자, 공주들과 생활한다면 데어드라는 협곡과 고원의 오솔길과 동물들의 통로, 협곡의 거주민과 함께하는 소박한 생활에 만족해한다.

『슬픔의 데어드라』에는 장구한 시간 속에서 유한할 수밖에 없는 인생의 한계에 관한 싱의 시간관이 잘 드러나 있다. 아무리 행복한 생활도 영원히 지속될 수 없으며 아무리 간절한 사랑도 영원히 변하지 않을 수 없다는 인생조건에 데어드라와 니이시는 결국 굴복하고 만다. 싱은 자신의 인물들에게 시간은 모든 것을 변화시키고 결국 모든 것을 파괴하고 무로 돌릴 수 있다는 지극히 염세적인 세계관을 설파하도록 만든다. 데어드라를 지극히 사랑하는 코너하의 수행원 오웬은 "여왕도 나이를 먹고 하얗고 긴 팔은 볼 수 없게 된다."고 말하고 자결한다.

싱은 38세를 일기로 1909년에 사망하였다. 그의 삶은 짧았지만 그가 남긴 작품은 전 세계의 독자와 관객이 감상하고 있다. 비록 많은 작품을 남긴 것은 아니지만 그 작품들은 그가 얼마나 인간의 운명에 대한 깊은 통찰력을 가진 작가인지 알 수 있게 해준다. 싱의 희곡들은 싱만이 남길 수 있다. 그 누구도 그 언어의 맛과 향을 흉내 낼 수 없다. 그래서 싱은 좋은 작가이다.

옮긴이 **손동호**

한국외국어대학교 영어과 졸업
미국 미네소타 대학원 영문학과 졸업
한국외국어대학교 교수
논문 「숀 오케이시의 『총잡이의 그림자』에 나타난 영웅찾기의 아이러니」 외 다수
역서 『미국민담』, 『느릅나무 아래 욕망』, 『서부지방 제일의 사나이』 등

존 밀링턴 싱 희곡집
성자의 샘

초판 발행일 2018년 2월 28일
손동호 **옮김**

발행인 이성모
발행처 도서출판 동인 | 서울시 종로구 혜화로3길 5 118호
등 록 제1-1599호
TEL (02) 765-7145 / FAX (02) 765-7165
E-mail dongin60@chol.com
ISBN 978-89-5506-779-8
정가 12,000원